Brigitte Dahmen, 1951 in Gladbeck geboren studierte in Bochum und Münster Archäologie und Geschichte. Vor und während des Studium war sie in verschiedenen Bereichen der Gastronomie tätig. Als Archäologin leitete sie zahlreiche Ausgrabungen und schrieb ihre ersten Texte.

Nach dem Eintritt in die Rente widmete sie sich ausschließlich dem Schreiben. Neben einigen Short Stories und Kindergeschichten erschien 2023 ihr erster Roman „Lipsande", eine historische Erzählung über eine Familie in der Leibeigenschaft.

In der vorliegenden Erzählung "Am See" verknüpft sie Erlebnisse aus ihrem Arbeitsleben mit einem fiktiven Kriminalfall. Sie lebt in Ahrensburg nördlich von Hamburg und arbeitet zurzeit an einer weiteren historischen Erzählung.

Brigitte Dahmen

AM SEE

Fast eine Kriminalerzählung

Verlag: BoD · Books on Demand GmbH,
In de Tarpen 42, 22848 Norderstedt,
bod@bod.de
Druck: Libri Plureos GmbH, Friedensallee 273,
22763 Hamburg
ISBN: 978-3-7693-2412-9
Dieses Buch ist auch als E-Book erhältlich

Für meinen Sohn

Inhalt

Die Personen

Heiko Kremer	trauert immer noch um seinen Bruder Harald
Jürgen Engeler	verschwindet, ohne dass es sofort bemerkt wird
Anette Caldrien	Archäologin und Wessitussi
Hauptkommissar Jansen	alter Hase im Kriminalgeschäft
Kommissar Borchardt	Jansens Assistent
Kirstin Pohl	Freundin von Anette Caldrien
Knut Pohl	ihr Mann
Conradi	unangenehmer Campingplatzbesitzer
Rita Mahrholz	Jürgen Engelers Mutter
Frau Hellweg	Zeugin mit einem Lieblingswort
Herr Lederer	Zeuge ohne ein Lieblingswort
Günter Schabowski	hinreichend bekannt als derjenige, der die Grenzöffnung angekündigt hat
Horst	Zufallsbekanntschaft, „Nenn mich Hotte!"
Kalle Ramelow	Reporter des Ostseeboten mit Ambitionen
Winkler	Hauptwachtmeister an der Wache in Wismar

Helga Sievers	Betreiberin einer Kantine und Heikos allerbeste Freundin
Ein Unbekannter	???

Darüber hinaus Personen, die die Geschichte füllen und ohne die es nicht geht. Und dann sind da noch einige Hunde und eine Katze.

Die Erzählung spielt im Jahr 1999

Heiko Kremer trifft auf einen Unbekannten

In der Nacht, in der Heiko Kremer das erste und einzige Mal auf Jürgen Engeler traf, konnte er sich nicht vorstellen, dass diese Begegnung nachhaltig sein Leben verändern würde.

Eigentlich konnte von einer üblichen Begegnung auch gar nicht die Rede sein. Es war nicht so, dass sie sich auf der Straße getroffen haben. Auch haben sie sich nicht in einer Kneipe kennengelernt und schon gar nicht bei der Arbeit.

Nein! Der Ort, an dem Heiko Kremer auf Jürgen Engeler traf war so ungewöhnlich, dass Heiko in seinem damaligen Zustand Jürgen nicht wirklich wahrgenommen hatte. Und ein paar Stunden später konnte er das Erlebte nur noch als eine Episode des ständig gleichgeträumten Albtraumes deuten: Des Traumes, der immer mit dem Tod seines Bruders Harald endete.

Nachdem Heiko zwei Tage zuvor von einem ehemaligen Arbeitskollegen zu einem Bier eingeladen worden war, begann eine seiner Sauftouren, die immer so lange dauerten, bis er kein Geld mehr für den nächsten Schnaps hatte oder keiner mehr einen ausgeben wollte.

Seine vorletzte Station war der *Schlauch* gewesen. Bis auf Heiko hatten um zwölf Uhr sämtliche Gäste die

Kneipe verlassen. Er bekam einen letzten Korn, und dann hatte ihn Astrid, die Frau hinter der Theke, mehr oder weniger sanft vor die Tür gesetzt. Sie wollte schließen, um endlich einmal früher ins Bett zu kommen. Heiko war rüber zur *Volkskammer* gelaufen. Und als die um zwei Uhr schloss, war auch für ihn Schluss.

Es war eine der milden Sommernächte, wie sie hier am Meer recht selten sind. Im Licht des Vollmondes wankte Heiko entlang des Trampel-pfades nach Hause zu seiner einsam gelegenen Hütte am Ende des Lütjensees. Angekommen bemerkte er, dass die Tür seiner Behausung sperrangelweit offenstand. Vielleicht besucht mich jemand, dachte er. Wobei ihm das Absurde des Gedankens nicht bewusst geworden war.

Auf der Eingangstreppe zog er seine Schuhe aus und stellte sie sorgfältig nebeneinander auf der oberen Stufe ab, so wie er es immer tat. Drinnen tastete er nach dem Lichtschalter.

Eine einzige Lampe, die in der Mitte des Raumes von der Decke hing, beleuchtete nur spärlich die karge Einrichtung. Rechts eine kleine Kochecke mit einem Tisch und zwei Stühlen. Mittig ein alter Bollerofen, dessen Rohr schräg durchs halbe Zimmer verlief, bevor es in der Decke verschwand, und links unter dem Fenster ein Kanapee. Die Wand daneben beanspruchte ein Regal, vollgestopft mit Büchern.

Und auf der Couch lag ein Fremder!

„Hey, Kumpel", lallte Heiko bei seinem Anblick. „Was machst du denn hier?"

Der Fremde ächzte nur und starrte ihn mit glasigen Augen an. Auf unsicheren Beinen stand Heiko da, starrte seinerseits und wartete auf eine Antwort. Doch außer einem Stöhnen war aus dem Fremden nichts herauszubekommen.

„Is´ gut, Kamerad. Kannst liegen bleiben", beruhigte Heiko den Fremden gutmütig. Er langte, nachdem er zweimal danebengegriffen hatte, nach der Decke auf der Sofalehne und legte sie fürsorglich über den stöhnenden Mann.

Mit breiten Schritten wankte er ins hintere Zimmer und plumpste in sein Bett. Er war eingeschlafen, noch bevor er sich richtig hingelegt hatte.

Nur wenige Stunden später schien die Morgensonne Heiko direkt ins Gesicht. Laut brummend schwirrte eine Fliege durch den Raum. Hartnäckig ließ sie sich immer wieder auf seine Nase nieder und war nicht zu verscheuchen. Mit jeder Bewegung wurde Heiko nüchterner und registrierte schließlich, dass er angezogen in seinem Bett lag. War er so hackenvoll gewesen?

Allmählich klärte sich sein Blick. Sein Mund war ausgetrocknet und er hatte das Gefühl, als würde seine Zunge am Gaumen kleben. Er brauchte Nachschub. Irgendwo hatte er doch noch eine Flasche. Wo war der Sprit nur hin? Im Küchenschrank? In der Ofenklappe? Angestrengt versuchte er sich zu erinnern. Klar! Hinter den Büchern auf dem Regal neben dem Sofa.

Noch halb benebelt robbte er ins vordere Zimmer. Am Sofa angekommen fiel sein Blick auf die Umrisse unter der Decke. Lag dort ein Kumpan, der in der Nacht mit ihm gekommen war? Musste wohl so sein. Er konnte sich allerdings nicht erinnern.

„Lass dich nicht stören, Kumpel", murmelte er in

11

Richtung des Fremden, während er die Flasche mit dem Korn aus ihrem Versteck holte. „Ich will mir nur Nachschub besorgen. Willst auch noch ´nen Schluck?"

Gutmütig streckte Heiko dem Fremden die Flasche hin. Keine Reaktion.

„Mann, du bist aber noch ganz schön voll. Verträgst wohl nicht so viel, was? Umso besser, bleibt mehr für mich." Grinsend ging er mit der Flasche nach draußen.

Vor der Hütte ließ er sich in einen Klappstuhl fallen. Der stark verschlissene Bezug dieses Möbel war schmierig braun. Auf der Rückenlehne stand in geschwungenen Buchstaben *Franco Nero*. Vor einigen Jahren hatte Heiko den Hollywoodstuhl, wie er ihn nannte, in einem der Container gefunden. Die waren damals an fast allen Straßenecken der Stadt aufgestellt worden. Zuhauf hatten die Leute darin alte DDR-Möbel entsorgt, um Platz für die neuen aus dem Westen zu schaffen. Heiko fand, dass man sich aus den Containern noch gut mit brauchbaren Sachen eindecken konnte.

Mit zittrigen Händen setzte er sich nun die Flasche an den Mund und nahm einen tiefen Schluck. Ein leichtes Brennen in der Gurgel und dann wartete er darauf, dass der Alkohol zu wirken begann. Dann konnte er vergessen, dass all seine Träume wie Seifenblasen zerplatzt waren, dass kaum etwas in seinem Leben ein gutes Ende genommen hatte, dass seine große Liebe mit einem anderen davongezogen war und auch die Erinnerung an den Tod seines Bruders würde hoffentlich verblassen.

Bald wusste er nichts mehr von seinen Träumen. Die Niederlagen in seinem Leben waren ihm egal, seine

Liebe und auch das Bild seines Bruders verschwanden im Nebel des Alkohols und wie ein Leichentuch legte sich die Trunkenheit erneut auf Heikos Erinnerungen.

Kaum einer wusste, dass er hier am See wohnte, nur seine Tante Frieda, und die Polizei. Vor Jahren, als ein besonders kalter Winter herrschte, hatten sie ihn nach eine seiner Touren unterwegs aufgegabelt und ihn wohlbehalten nach Hause gebracht. Danach hatte sich dieses Ritual eingebürgert. Seitdem wurde Heiko, wenn die Männer der Wache ihn bemerkten und der Ansicht waren, er sei zu betrunken, um sicher nach Hause zu kommen, mit den Streifenwagen heimgefahren. Heiko nahm diesen Service gerne in Anspruch. Da der kürzere Weg am See entlang nur ein Fußweg war, mussten die Beamten den Umweg über die östlichen Dörfer machen. Das letzte Stück zum See führte zu Fuß durch ein kleines Wäldchen. Heiko wurde dann immer von einem der Wachmänner begleitet. „Habt ihr Angst, dass ich mich verlaufe?", war seine Frage. Und die Antwort lautete jedes Mal: „Nein, wir wollen nur sichergehen, dass du dich richtig zudeckst."

Für die Idylle seines kleinen Besitzes hatte Heiko schon lange keinen Blick mehr. Eigenhändig hatte sein Großvater einen Schuppen gebaut, nachdem er vor dem Krieg die Fischereipacht des Sees übernommen hatte. Aus dem Schuppen wurde im Laufe der Zeit zuerst ein Bretterhäuschen und dann eine richtige Datsche. Nach dem Krieg wurde die Fischerei und der See Volkseigentum, doch die Hütte blieb wie durch ein Wunder im Besitz der Familie.

Heiko und sein Bruder Harald verbrachten hier die

schönsten Stunden ihrer Kindertage. Damals ragte noch ein Steg ins Wasser, und die Brüder wetteiferten, wer die dicksten Arschbomben landen konnte. Zu diesen Wochenenden gehörten immer auch Bockwürstchen mit Kartoffelsalat, und wenn die Nächte mild waren machte der Vater ein Lagerfeuer. Die Jungen durften dann so lange aufbleiben bis das Holz zu einem Haufen Asche heruntergebrannt war.

Es war der Ort, der Heiko geblieben war, sein Rückzugsort, fast unsichtbar hinter Bäumen, Sträuchern und hochgewachsenem Schilf versteckt. Im Laufe der Zeit war aus dem ehemals lichten Grundstück ein zugewachsenes Stück Land geworden.

Nähere Freunde hatte Heiko kaum noch. Lediglich seine Tante Frieda besuchte er regelmäßig. Tante Frieda hatte es längst aufgegeben, ihn, wie sie meinte, zur Vernunft zu bringen. Vor der Wende war sie ständig in Sorge um Heiko und auch um seinen Bruder Harald. Die Brüder redeten allzeit unbedacht drauflos und brachten sich immerfort in Gefahr. Dass die Staatssicherheit sie nicht gefasst hatte, dachte Tante Frieda, hatten sie wohl einem besonderen Schutzengel zu verdanken.

Den Brüdern war ein Schutzengel allerdings egal. Was sie für sich als Wahrheit erkannt hatten musste der Welt mitgeteilt werden. Die Widersprüche des Systems in dem sie lebten zwangen sie geradezu zu rebellieren wenn auch nur verbal. Tante Frieda fielen tausend Steine vom Herzen als die Wende kam.

Doch dann passierte das mit Harald!

Das was die Brüder jahrelang mit ihren riskanten Kommentaren angeprangert hatten, hatte im Herbst neunundachtzig von heute auf morgen keine Bedeutung mehr. Der vom Staat angeordnete Glaube an den real existierenden Sozialismus war nun nicht mehr gefragt. Stattdessen wurde an etwas anderes geglaubt: an das Heil des Westens – an die D-Mark. Jetzt waren die Widersprüche des Kapitalismus das Thema der Brüder. Ja, merkte denn keiner, dass die unbegrenzten Reisemöglichkeiten, die vollen Läden, die tollen Autos und all die schönen Sachen ihren Preis forderten? Merkte keiner von denen, die so begeistert die Wende begrüßt hatten, dass sie gerade dabei waren, einen Wechsel auf die Zukunft auszustellen?

„Glaubt ja nicht, dass wir das alles geschenkt bekommen", teilten sie jedem mit. Auch denen, die es nicht hören wollten. „Die fressen uns mit Haut und Haar. Was glaubt ihr denn, welche Interessen wirklich dahinterstecken?"

Doch nun wurden die Brüder nicht mehr wohlwollend belächelt. Hatten sie vorher gegen einen vermeintlich gemeinsamen Gegner gewettert, so attackierten sie nun in den Augen derer, die die neue Zeit begrüßten den neuen Heilsbringer. Den wollte sich keiner schlechtmachen lassen.

Die meisten ließen die Brüder allerdings reden oder beachteten sie nicht. Andere verwiesen mit mehr oder weniger barschen Entgegnungen auf Diktatur, Stasi und Mauer, was doch viel, viel schlimmer gewesen sei.

Einer allerdings fühlte sich durch die provokanten Reden persönlich angegriffen. Die Brüder kannten ihn. Es war Maik, mit dem sie gemeinsam auf der Werft gearbeitet hatten. Im Sommer 1991 trafen sie ihn auf dem Arbeitsamt wieder. Heiko wartete dort auf Harald und verkündete dem ebenfalls wartenden ehemaligen Kollegen ungefragt seine Ansicht über die neue Zeit.

„Laber doch nicht so ein dummes Zeug", wurde er von Maik zurechtgewiesen.

Ungerührt trug Heiko seine Weisheiten weiter vor. „Warte es ab, bald gehen mehr Menschen zum Arbeitsamt als zur Arbeit. Das ist nur der Anfang."

„Quatsch! Woher willst du das wissen? Tu doch nicht so oberschlau. Arbeiter werden außerdem immer gebraucht."

„Und warum bist du dann hier?", war Heikos Frage.

Darauf hatte der andere keine Antwort.

„Ich sage dir, warum", fuhr Heiko fort. „Deine Arbeit kann inzwischen viel billiger eine Maschine machen. Du bist überflüssig."

„Du! Du bist überflüssig, du mit deiner ewigen Besserwisserei!"

Maik machte einen Schritt auf Heiko zu. Er reckte provozierend das Kinn vor und stieß ein bellendes *hä!* aus.

Heiko wich zurück, hauptsächlich der süßlichen Alkoholfahne wegen, die ihm der andere ins Gesicht blies. In Heikos Welt gab es keine wirklich bösen Menschen. Er konnte schlecht einschätzen, ob sein Gegenüber auf Krawall gebürstet war.

„Angst?", fragte Maik. „Haste Schiss? Das hab ich gerne. Vorher gegen alles sein und jetzt auch nicht zufrieden. Ihr seid so richtige kleine Mies-macher, du und dein Bruder. Warum hat die Stasi euch eigentlich nicht eingelocht? Habt wohl was mit denen gemeinsam gemacht, wie?", pöbelte er und drängte Heiko immer weiter nach hinten an die Wand.

Am anderen Ende des Flurs tauchte Harald auf. Die letzten Worte von Maik hatte er nicht mitbekommen, sah aber, dass sein Bruder in Bedrängnis war.

„Heiko, was ist los?", rief er und lief auf die beiden zu.

Maik drehte sich um.

„Aha, da ist ja der andere Stinker!" Und ohne zu zögern holte er aus und schlug mit voller Wucht Harald seine Faust ins Gesicht. Harald wankte und hielt sich die Nase, aus der das Blut nur so schoss.

„Und dann hat er ihn einfach totgehauen!"

Immer noch saß Heiko in seinem Klappstuhl vor seiner Hütte. Den letzten Gedanken hatte er laut vor sich hingesprochen.

Wie eine Luftblase unter Wasser war die Erinnerung an jenen Tag aus seinem Unterbewusstsein empor-gestiegen: Jenes schreckliche Ereignis, das sich vor acht Jahren vor seinen Augen abgespielt hatte. Irgendetwas hatte ihn an das Drama des damaligen Tages erinnert. Vor seine Augen hatte er das Bild seines am Boden liegenden Bruders und sah das Blut, das ihm über das Gesicht rann.

Und über dieses Bild schob sich an diesem sonnigen Sonntagmorgen im Juli 1999 ein zweites: Das Bild der blutenden Kopfwunde eines Fremden in seiner Hütte.

Kommissar Jansen tastet sich vor

Sechs Wochen später stand Kommissar Jansen in der Spießergasse in Wismar vor der Hausnummer sechszehn.

„Frau Caldrien?", sprach er eine junge Frau an, die gedankenversunken auf das Haus zugegangen war.

Verschreckt schaute Anette Caldrien auf und blickte in das erwartungsvolle Gesicht des Mannes, der sie angesprochen hat. Sofort schoss ihr der Gedanke an einen Vertreter durch den Kopf: Braune Kombi mit braunem Hemd, die Krawatte etwas zu grell, der Trenchcoat zugeknöpft. Irgendwie typisch. Sie beschloss den Mann abzuwimmeln.

„Jansen mein Name. Ich komme von der Kripo Schwerin", stellte sich der Kommissar vor und hielt ihr einen Ausweis hin. „Haben Sie ein paar Minuten Zeit? Ich hätte Ihnen gerne einige Fragen gestellt."

Vor Jansen stand eine mittelgroße dunkelhaarige Frau, die er auf Anfang vierzig schätzte. Ihr anfänglich offener Blick verschleierte sich einen Augenblick, wechselte aber schnell zu einem Lächeln, als sie seinen Ausweis erblickte. Trotzdem meinte er, eine gewisse Abwehr zu spüren.

„Ja, bitte", sagte sie, machte aber keine Anstalten, in das Haus zu gehen. Offenbar wollte sie das Gespräch hier draußen führen.

„Können wir reingehen? Es dauert nicht lange."

18

„Ja, natürlich! Entschuldigung."

Sie stellte die Taschen mit ihren Einkäufen ab und schloss die Haustür auf, aber noch ehe Jansen ihr helfen konnte, hatte sie beide Taschen gegriffen und trat ins Haus. Vor einer Windfangtür jedoch machte sie Halt und forderte Jansen mit einem Blick auf, ihr die Tür zu öffnen.

„Ich wohne oben", bemerkte sie und übernahm wieder die Führung eine steile Treppe hoch.

In der Wohnung umfing Jansen eine abgestandene Luft, die leicht von einem zartem Blütenduft überlagert wurde. Auf dem Boden lag ein zusammengeknäultes Frotteetuch, ansonsten war der Flur leer. Türen, die fast die gesamte Breite der Flurwände einnahmen ließen keinen Platz für irgendein Möbelstück.

„Gehen Sie doch bitte dort rein." Mit einem Kopfnicken deutete Anette nach links auf eine angelehnte Flügeltür. Sie selbst wandte sich nach rechts.

Jansen betrat ein Wohnzimmer. Durch die gegenüberliegende Fensterreihe fiel sein Blick auf einen alten, leerstehenden Speicher auf der anderen Straßenseite.

„Darf ich Ihnen einen Kaffee anbieten. Ich mache mir auch einen", rief Anette von hinten.

„Nein, danke!"

Der gesamte Raum war sparsam möbliert. Ein altes Sofa war die einzige Sitzgelegenheit im Zimmer. Daneben standen drei unterschiedlich große Acrylglastische. Jetzt bemerkte Jansen auch woher der Blumenduft gekommen war. In einem Plastikeimer, der notdürftig mit Alufolie zur Vase umgestaltet worden war, befand sich ein riesiger Strauß weißer Rosen.

So etwas kauft man nicht selbst, überlegte er, das bekommt man geschenkt.

Anette kam herein und stellte ein Tablett auf eines der Tischchen ab.

„Ihren Mantel müssen Sie über die Lehne legen", bemerkte sie entschuldigend. „Ich habe noch keine Garderobe."

Sie ging ins Nebenzimmer und kam mit einem klapperigen Bürostuhl zurück. Dann verschwand sie wieder.

Jansen hatte Zeit, sich weiter im Raum umzusehen. Den Boden belegte ein alter, schon sehr abgetretener Perserteppich.

Passt zum Rest der Einrichtung, ging ihm durch den Kopf. Scheint irgendwie alles vom Trödel zu kommen.

Anette kam mit einer Kanne Kaffee zurück und setzte sich auf den Stuhl. „Nehmen Sie doch Platz", sagte sie und wies auf das Sofa.

Jansen ließ sich nieder und sank sofort fast bis zum Boden durch. Verdammt! Wie sollte er da wieder herauskommen ohne lächerlich zu wirken? Er stellte fest, dass sie sein Unbehagen bemerkte.

„Hat leider noch nicht für eine neue Polsterung gereicht", entschuldigte sie sich.

Statt einer Antwort grinste Jansen etwas schief. Er räuspert sich, um sein Sprüchlein aufzusagen, mit dem er gemeinhin Befragungen dieser Art einleitete. Doch bevor er loslegen konnte, griff sie zur Kanne.

„Wollen Sie nicht doch eine Tasse? Etwas anderes vielleicht, Wasser oder Orangensaft?"

Er wehrte ab. Was war mit der Frau los? Die meisten Menschen, die er befragte, platzten entweder vor Neugierde oder wehrten sofort ab, da sie in keiner Form etwas mit der Polizei zu tun haben wollten. Hier allerdings wurde totales Desinteresse zur Schau gestellt.

„Nein, Frau Caldrien. Ich möchte Sie auch nicht zu lange aufhalten. Es handelt sich um Herrn Engeler, um Jürgen Engeler", präzisierte er. „Seine Mutter hat ihn vermisst gemeldet. Von ihr wissen wir, dass Herr Engeler mit Ihnen liiert war und bei Ihnen gewohnt hatte. Und ich möchte wissen, ob Sie mir dazu etwas sagen können?"

Während seiner Rede schaute sie ihn unverwandt in die Augen. Als er den Namen Engeler erwähnte, zuckte ihr rechter Mundwinkel. Der Anflug eines Grinsens, das aber schnell wieder verflog.

„Also", setzte sie an. „Ich will ja Frau Engeler nicht zu nahetreten, aber sie müsste ihren Sohn doch kennen. Dass der sich längere Zeit mal nicht meldet, ist nicht erstaunlich."

„Das sagte sie uns auch. Sie heißt übrigens Marholz."

„Wie? – Ach so, ja! Ich vergesse immer, dass die Geschwister anders heißen."

Nun war Jansen irritiert. Auf seinen fragenden Blick hin erklärte sie leicht amüsiert: „Vier Kinder von drei Vätern. Finde ich sehr mutig. War auch wohl nur im Osten möglich. Sind ja auch alle was geworden. Ich wollte sagen, dass ... ehm." Sie stockte, als sie merkte, dass er ihr nicht ganz folgen konnte.

„Ja?", forderte er sie auf.

„Ist doch auch schwierig für eine Frau, oder?"

Jetzt wurde ihm klar, dass sie von Engelers Mutter sprach. Darüber, dass es schwierig sein konnte, Kinder zu haben, hatte er sich noch keine Gedanken gemacht. Seine Ehe war kinderlos geblieben.

Ohne seine Antwort abzuwarten, setzte Anette fort: „Sie waren doch sicher schon bei Thorwald."

Vielleicht sollte es hilfsbereit klingen, kam aber eher auffordernd herüber.

„Ja, natürlich!", erwiderte Jansen leicht gereizt.

„Thorwald ist der Älteste", belehrte Anette weiter. „Jürgen und er haben denselben Vater. Wie ich es einschätze, haben die beiden von den Geschwistern den intensivsten Kontakt miteinander."

„Da ist eine Sache, die seiner Mutter Sorgen macht", sagte Jansen, ohne auf ihre Bemerkung einzugehen. „Ihr Sohn habe einen Termin gehabt, von dem sie sich sicher ist, dass er ihn wahrgenommen hätte. Es geht um eine Unterstützung für eine Expedition, die er mit zwei Kollegen nächsten Sommer starten will. Wissen Sie davon? Der Vertrag dafür war unterschriftsreif, aber Herr Engeler war nicht zum verabredeten Termin in Rostock erschienen."

Wie es seine Gewohnheit war teilte Jansen freimütig alles mit was scheinbar offenkundig war. Teils, um Vertrauen bei seinem Gegenüber herzustellen, teils auch weil er im Laufe der Zeit festgestellt hatte, dass sprechen über Einzelheiten weitere Einzelheiten ans Tageslicht fördert.

„Ist es die Sache mit Alaska? Die Idee hatte er schon bevor wir zusammen waren", erläuterte Anette. „Soviel ich weiß soll es eine Reise quer durch die ehemalige Sowjetunion werden." Sie sprach es *Zsoffviettunion* aus. „Über die Beringstraße bis nach Alaska. Eine Art Völkerverständigung zwischen alten Feinden, initiiert von neuen Freunden. Verrückte Sache, wenn Sie mich fragen. Jürgen hat sich mit zwei Freunden aus dem Westen zusammen-getan. Wegen der Kosten haben sie sich um einen Sponsor bemüht, *Fisherman's Friend*, sollte es sein. Aber dass die in Rostock einen Firmensitz …"

Sein ausdrucksloser Blick ließ sie stocken.

„Die Werbung", sagte sie mit Nachdruck, „die haben da so eine Werbung laufen, die suggeriert, dass für den Genuss von *Fisherman's* nur harte Männer infrage kommen."

Jansens Miene ließ nicht erkennen, ob er sie verstanden hat.

„Nun ja", setzte sie resigniert angesichts seiner ausdruckslosen Miene fort, „ich habe nicht so richtig daran geglaubt. Hätte jetzt nicht gedacht, dass es doch klappt."

„Die Firma in Rostock – übrigens ein Laden für Trekkingausrüstung", setzte Jansen erklärend an, „sagt, dass die anderen Mitglieder der Gruppe zur Unterzeichnung des Vertrages erschienen seien, Herr Engeler aber nicht."

Er fühlte sich unbehaglich, was nicht nur an der

unbequemen Couch lag. Irgendwie kam ihm die Befragung unwirklich vor. Jeder von ihnen schien nur seine eigenen Gedanken loswerden zu wollen. Und wie um zurück in die Wirklichkeit zu kommen, räusperte er sich, holte er tief Luft und fragte:

„Können Sie mir sagen, Frau Caldrien, wann Herr Engeler hier ausgezogen ist?"

Nun teilte er ihr nicht mehr mit, welche Daten ihm bekannt waren. Soll sie doch rätseln, ob sie mit ihren Angaben richtig liegt, kam ihm der hämische Gedanke.

„Ja, da lassen Sie mich mal überlegen."

Anette streckte ihre Beine aus und hielt den Kaffeebecher mit beiden Händen umfangen. Sie nahm einen Schluck, bevor sie weiterredete.

„Jetzt haben wir Ende August", überlegte sie. Wann war Pfingsten dieses Jahr? Denn ich meine, es war vor Pfingsten oder Himmelfahrt, weil ich gleich danach zu einer Freundin nach Köln gefahren bin. Ich muss im Kalender nachschauen. Zur Not kann ich auch die Freundin anrufen, die weiß es bestimmt."

„Nicht nötig, das finde ich selbst heraus." Ihre aufgesetzte Beiläufigkeit nervte Jansen gewaltig. „Danach haben Sie Herrn Engeler nicht mehr gesehen?"

„Nein! – Ach doch!", verbesserte sie sich fast augenblicklich. „Auf der Geburtstagsfeier einer gemeinsamen Freundin Ende Mai sah ich ihn noch einmal. Beate, seine jüngere Schwester, war auch dort. Sie meinte, Jürgen und ich sollten uns doch mal richtig aussprechen. Sie wollte uns wohl wieder zusammen-bringen. Ich habe aber abgelehnt. Für mich war die Beziehung vorbei.

24

Jürgen habe ich danach nicht mehr gesehen", schloss sie in einem Tonfall, der zum Ausdruck bringen sollte, dass nun alles gesagt worden sei.

„Sind Sie sich ganz sicher?", fragte Jansen, und ohne ihre Antwort abzuwarten setzte er fort: „Ja, das war´s auch schon. Möglicherweise werde ich noch ein paar Fragen haben, dann werde ich mich wieder einmal bei Ihnen melden."

Er erhob sich und kam, wie er es geahnt hatte, nur mühsam aus der Tiefe des Sofas hoch.

Anette stand ebenfalls auf. Ihr Lächeln wirkte eingefroren. Dass Jansen so abrupt aufbrach, hatte sie sichtlich überrascht.

Während er sich verabschiedete, deutete Jansen auf die Blumen: „Wunderschön. Hatten Sie Geburtstag?"

„Ehm, ja!", kam es etwas zögerlich aus ihrem Mund.

Anette in Gedanken

Nachdem Jansen gegangen war, stand Anette noch eine Weile am Fenster und schaute auf den Speicher gegenüber. Ihre Gedanken schweiften zurück in die Zeit der Trennung, die sich so quälend lang durch die Monate gezogen hatte.

Jürgen hatte sie letztes Jahr auf einer Party kennengelernt. Ein Strand, eine laue Sommernacht und ein Glas Wein hatten schon gereicht, um ihn am anderen Morgen neben sich im Bett wiederzufinden. Es folgten weitere Nächte. Nach einer Woche holte er seine Sachen aus der Wohnung der Mutter, in der er nach seiner Rückkehr aus Berlin gewohnt hatte, und quartierte sich mitsamt seiner Katze bei ihr ein. Jürgen war ein ruhiger Mann. Sie mochte ihn und konnte ihn gut um sich haben. Aber Liebe?

Allmählich wurde ihr klar, dass Jürgens Einzug voreilig war. Er nahm ihre Mitteilung, sich zu trennen, relativ gelassen hin. Sie deutete das als Zeichen, dass auch er ihre Beziehung am Ende sah. Er bat lediglich darum, solange bleiben zu können, bis er eine geeignete Wohnung gefunden habe. So blieb nach außen hin vorerst alles beim Alten.

Es wurde April und Jürgen rührte sich nicht. Angeblich gab es keine für ihn bezahlbare Wohnung in der Stadt und woanders wollte er nicht hin. Auf ihren Vorschlag, er habe doch vorher bei seiner Mutter gewohnt und könne vorübergehend ja wieder dorthin ziehen, machte er ganz entgegen seiner sonstigen Art einen Heidenspektakel: Dass sei ja wohl die typische Wessi-Art. Immer bevormunden, immer sagen, was man machen solle, weil man ja immer alles besser wisse.

„Weist du", und damit beschloss er seine Tirade, „das haben wir lange genug gehabt."

Natürlich hätte sie dem Kommissar den Tag von Jürgens Auszug nennen können. Das war nun wirklich kein Tag, den sie schnell vergessen würde. Es war der Tag vor Himmelfahrt, als sie kurz entschlossen das Schloss ihrer Wohnungstür austauschen ließ. Jürgen war beim Handballtraining. Wenn er klingeln musste, um hereinzukommen, würde er sicher merken, dass sie es ernst meint mit dem Auszug.

Gegen achtzehn Uhr hörte sie seine Schritte auf der Treppe, dann ein Kratzen am Schloss. Sie machte auf, bevor er klingelte.

„Was ist mit der Tür los?", fragte er erstaunt. Doch als er in ihr Gesicht sah, wusste er Bescheid. Schwei-gend ging er an ihr vorbei in sein Zimmer. Nach einer Weile kam er zu ihr ins Wohnzimmer.

„Du wirst mir wohl keine Schlüssel geben, oder?"

„Nimm von deinen Sachen wenigstens so viel mit, dass du über das Wochenende kommst."

„Das geht jetzt nicht. Ich muss zur Arbeit. Ein Kollege holt mich gleich ab, ich habe keine Zeit zu packen", erwiderte er. „Mach mir wenigstens auf, wenn ich nachher komme."

„Ich fahre weg."

„Bitte, du kannst mich doch nicht draußen stehen lassen", bat er fast flehentlich.

Ihre Faust hatte krampfhaft die zwei neuen Schlüssel umfasst. Sie konnte nicht einschätzen, wie er reagieren würde. Doch sie war fest entschlossen, die Schlüssel nicht aus der Hand zu geben. Sie drehte ihm den Rücken zu und starrte aus dem Fenster. Jeden Augenblick erwartete sie hinter sich einen Ausbruch.

Doch dann geschah das Unerwartete: Er ging ohne großen Lärm, ohne ein weiteres Wort. Die Wohnungstür fiel ins Schloss und es herrschte Stille.

Zuerst vermutete sie, dass er noch da sei und sie nur aus der Reserve locken wolle. Sie rührte sich nicht, horchte nur angestrengt in die Wohnung hinein. Kein Ton, kein Atmen, nur das Hupen eines Autos unten auf der Straße. Jetzt registrierte sie, dass auch die Haustür ins Schloss gefallen war und Schritte draußen auf der Straße in Richtung Hafen verhallten. Ihre Ver-krampfung löste sich und als sie ihre Hand öffnete wusste sie, es war geschafft.

Was man so hört

Auf der Rückfahrt nach Schwerin ins Kommissariat hing Jansen ebenfalls seinen Gedanken nach. Er fragte sich, was Anette Caldrien dazu bewogen haben mag, ihn bezüglich ihres letzten Treffens mit Jürgen Engeler zu belügen, denn bevor Anette vorhin gekommen war, hat er etwas anderes er-fahren.

Nachdem er bereits zweimal bei ihr geklingelt hatte, wurde die Haustür geöffnet. Heraus kam eine korpulente Frau, ungefähr Mitte sechzig. In der Hand hielt sie einen Einkaufskorb. Ihr Blick richtete sich mit unverhohlener Neugier auf Jansen.

Würde die DDR noch existieren, hätte er sicher eine ABVlerin* vor sich, ging es Jansen durch den Kopf.

„Sie sind von der Polizei, richtig?", stellte die Frau unverblümt fest Ohne seine Antwort abzuwarten, sprach sie weiter. „Das habe ich mir gedacht, dass sie Anzeige erstattet." Sie deutete nach oben. „Er hat ja auch laut genug randaliert. Aber dass die Polizei jetzt erst kommt?"

„Sehen Sie sich mal den Wagen an", redete sie weiter und wies auf einen weißen Renault, der in der Reihe anderer Autos am Straßenrand stand. „Daran hat er sich ausgelassen. Ich habe das genau gesehen, weil wir im Wohnzimmer waren. Habe dann an die Scheibe

*Abschnittsbevollmächtigter

geklopft, damit er aufhört. Aber glauben Sie, er hat

29

darauf reagiert? Hat mir nur 'nen Vogel gezeigt und in aller Seelenruhe weitergemacht. Ihr habe ich gesagt, dass sie sich das nicht bieten lassen solle. Den Kerl müsse sie anzeigen."

Von einer Anzeige wusste Jansen nichts. Er würde sich einmal bei der hiesigen Wache erkundigen müssen.

„Wer war es denn? Kennen Sie den Mann?"

„Ja natürlich, er hat doch vorher bei ihr gewohnt. Der Jürgen war das. Ich kenne ihn von früher, habe mal mit seiner Mutter zusammengearbeitet. Als die beiden hier einzogen – ich meine die da oben", schob sie erklärend ein, „hat er so getan, als sei ich eine Fremde. Dabei war ich früher oft bei denen zu Hause, wenn ich seine Mutter zum Brigadetreffen abgeholt habe. Und hier machte er einen auf vornehm, weil er mit 'ner Frau aus dem Westen zusammen war."

Jansen wurde hellhörig. Obwohl ihm die klatsch-hafte Art der Frau missfiel, nahm er die für ihn neuen Informationen gerne zur Kenntnis.

„Jürgen Engeler?", hakte er nach. „War er es?"

„Ja klar war er es! Was ich so mitgekriegt habe, hat er sie ganz gewaltig ausgenutzt. Die Wände in den Altbauten sind ja auch nicht so dick." Und wie zur Entschuldigung setzte sie hinzu. „Da hört man un-gewollt mit."

„Wissen Sie noch, wann das war mit dem Auto?"

„Natürlich! Der elfte Juni war's. Es war der Geburtstag meines Mannes. Wir hatten Besuch, mein Schwager und seine Frau. War richtig peinlich für mich. Die müssen gedacht haben, wir wohnen hier mit

Asozialen."

Vor Empörung über die da oben nahm ihre Stimme einen schrillen Klang an.

In diesem Moment hielt ein Wagen am Straßen-rand. Der Fahrer hupte kurz und winkte herüber.

„Tja, so war das. Ist sonst noch was? Ich müsste jetzt los", sagte die Frau, und als Jansen den Kopf schüttelte, verabschiedete sich und stieg in den Wagen.

Es war schon nach sechs, als Jansen in seinem Büro ankam. Wie immer wollte er mit Borchardt die Eindrücke seiner Befragungen besprechen, musste aber anhand einer Notiz auf seinem Schreibtisch feststellen, dass sein Assistent schon nach Hause gegangen war.

Borchardt war erst seit einem Jahr im Dezernat. In der Zeit hatte Jansen ihn schätzen gelernt. Nach seiner Klassifizierung war der junge Mann ein Terrier-Typ, einer, der hartnäckig ein Problem verfolgt, allerdings ohne verbissen zu sein. Manchmal befürchtete Jansen, dass sein Mitarbeiter in ihm ein große Vorbild sah, was er eigentlich nicht sein wollte.

In jungen Jahren hat ihn der Gedanke an Gerechtigkeit fasziniert, vielleicht war es aber auch die Schwärmerei seiner Freundin für schmucken Uni-formen, die ihn damals veranlasste, sich für den Dienst bei der Kriminalpolizei zu bewerben. So genau konnte er es nicht mehr sagen. Einen Beitritt zur SED hatte er nicht als Problem angesehen. Er wollte seinen Beruf ausüben. Gegen die Versuche der Genossen, in der Partei aktiv zu werden, hatte er sich allerdings erfolgreich stemmen können. Ihm war aber klar gewesen, dass diese Zurückhaltung keine großen Karriereschritte zulassen würde. Doch er konnte einige Erfolge aufweisen. Damals begegneten die Kollegen ihm teils mit unverhohlenem Misstrauen, teils mit bewunderndem Respekt.

Nach der Vereinigung musste er, wie alle anderen, eine Überprüfung seiner politischen Aktivitäten, seiner Partei-ämter und Stasitätigkeiten zulassen, um weiter im Staatsdienst bleiben zu können. Verfehlungen waren ihm nicht vorzuwerfen. Danach, als alle glaubten, nun ließe sich frei und ohne Druck von oben arbeiten, hielt er sich zurück. Die kurze Zeit der Euphorie war auch bei ihm schnell verflogen und machte einer breiten allgemeinen Enttäuschung Platz, die er noch nicht einmal klar benennen konnte. Er verspürte eine diffuse Unlust und spielte zeitweise mit dem Gedanken, vorzeitig in den Ruhestand zu gehen. Als einen Glücksfall empfand er, dass man ihm Borchardt zugewiesen hatte. Dieser junge Mann erinnerte ihn sehr an seinen eigenen Beginn bei der Polizei. Insgeheim jedoch gefiel sich Jansen in seine neue Rolle als Mentor und er ging seit langer Zeit wieder freudig zur Arbeit.

Gerne hätte er jetzt mit seinem Assistenten den Ablauf des Gespräches mit Anette Caldrien durchgesprochen. So aber machte er sich ein paar Notizen, legte auf Borchardts Schreibtisch eine Liste mit zu erledigenden Aufgaben, sagte den Kollegen im Nebenzimmer Tschüss und fuhr nach Hause.

Borchardt berichtet

„Moin Chef! Ich habe schon einiges erledigen können."

Wie immer war Borchardt, wenn er am Vortag zeitig gegangen war, am nächsten Tag besonders früh im Dienst.

„Also, Anette Caldr..."

„Stopp! Warte doch erst einmal, bis ich richtig da bin."

Borchardt sprühte vor Eifer, und Jansen war leicht amüsiert, denn sein Assistent wirkte wie ein Erst-klässler, der seine Hausaufgaben heute besonders gut gemacht hatte. Er versorgte sich mit einer Tasse Kaffee, nahm an seinem Schreibtisch Platz und forderte Borchardt auf zu berichten.

„Also! Anette Caldrien wohnt seit drei Jahren in Wismar. neununddreißig Jahre alt. Am neunten März sechzig geboren – im Westen", ergänzte er erklärend, „geschieden, mit achtzehn ..."

„So lange halten sich Rosen doch gar nicht", bemerkte Jansen anscheinend zusammenhanglos, um dann mit dem Finger auf Borchardt zu zeigen: „Siehst du, was ich meine? Mir sagt sie, sie hätte vor kurzem Geburtstag gehabt. Warum? So was ist doch leicht nachzuprüfen, oder?"

Borchardt blickte kurz von seinen Notizen auf. Die Einlassungen seines Chefs, der seinen Gedanken oft freien Raum gab, kannte er schon. Ohne weiter irritiert zu sein, fuhr er fort:

„ … Mutter geworden. Das Kind starb bei einem Autounfall als es neun war. Danach hat sie ein Studium angefangen und mit dem Doktor phil. und magna cum laude abgeschlossen."

„Mit was?"

„Doktor der Philologie, also ein Doktorgrad in einem geisteswissenschaftlichen Fach", klärte Borchardt seinen Chef auf.

„Na, soviel weiß ich auch noch. Ich meine das danach."

„Magna cum laude?"

„Ja."

„Ist Latein und drückt wohl eine Benotung aus. Gut oder sehr gut? Keine Ahnung."

„Und, was hat sie studiert?", wollte Jansen wissen.

„Ur- und Frühgeschichte mit den Nebenfächern Geologie und Anglistik."

„Interessante Kombination. Aber sag mal, wie hast du das alles so schnell herausbekommen?"

„Ein ehemaliger Nachbar war sehr mitteilsam. Sie wohnte eine kurze Zeit hier in Schwerin, in der Schusterstraße, bevor sie nach Wismar zog. Der Nachbar hatte, wie ich heraushören konnte, ein Auge auf die Caldrien geworfen. Anscheinend hatte sie ihm Hoffnungen gemacht, oder er bildete sich das ein, zumal sie wohl öfters ein Schwätzchen auf dem Flur hatten."

„Und jetzt ist sie hier am Gymnasium und unterrichtet

34

Erdkunde und Englisch?", fragte Jansen weiter.

„Nein, sie ist Archäologin."

„Aha, noch interessanter. Aber, Mecklenburg ist doch nicht Ägypten. Ich meine, was kann man hier finden?"

„Weiß ich auch nicht genau, ich weiß aber, dass sie beim Landesamt für Archäologie angestellt ist, auf Schloss Wiligrat."

„Ach nee! So ein Zufall. Weißt du, dass dort vor der Wende eine Ausbildungsstätte der Volkspolizei war?"

„Nein, ich habe ja erst nach der Wende bei der Polizei angefangen. Ich weiß aber, dass früher das archäologische Museum hier im Schloss untergebracht war. Die Archäologen mussten ausziehen, als der Landtag unseres neuen Landes dort einzog."

„Tja, so ändern sich die Zeiten." Für einen Augenblick versank Jansen in Gedanken, dann räusperte er sich: „Lass uns weitermachen. Was hast du noch über Anette Caldrien?"

„Noch während des Studiums wurde die Ehe geschieden", fuhr Borchardt fort, „und gleich nach dem Abschluss nahm sie ihre erste Stelle als Archäologin in Chemnitz an. Dort blieb sie aber nur kurze Zeit, denn als der Bau der A20 begann, erhielt sie hier den Auftrag für eine Grabung. Und nun teilen Sie mir hoffentlich mit, warum Sie ein besonderes Interesse an Frau Caldrien haben?"

„Wir haben doch vorgestern die Vermisstenanzeige bekommen, erinnerst du dich? Die Kollegen von der Wismarer Wache hatten die Anzeige an uns weitergeleitet, damit wir sie in das Zentralregister

35

eintragen", begann Jansen. „Ich muss gestehen, dass ich neugierig geworden bin. Ein Engeler war nämlich mit mir in der Ausbildung. Nach dem Abschluss studierte ich in Berlin, und er ging zur Bereitschaft. Da haben wir uns aus den Augen verloren. Später habe ich gehört, dass er tödlich verunglückt ist. Ich vermutete, dass Jürgen Engeler, der Vermisste, sein Sohn ist, deswegen war ich gestern bei seiner Mutter gewesen, um mehr zu erfahren."

Jansen nahm den letzten Schluck Kaffee und hielt die leere Tasse Borchardt hin: „Würdest du mir bitte einen neuen holen. Frau Bernhard hat frischen gekocht."

Nachdem Borchardt mit zwei vollen Tassen zurückgekommen war, setzte Jansen seinen Bericht fort.

„Engelers Mutter hat mir von der Verbindung ihres Sohnes zu Anette Caldrien erzählt. Jedenfalls das, was sie weiß. Sie war anscheinend froh, dass die Beziehung auseinandergegangen war. In dem Zusammenhang muss auch etwas Unschönes passiert sein. Aber was, konnte oder wollte sie mir nicht sagen. Anette Caldrien ist ein paar Jahre älter als ihr Sohn, was ihr anscheinend gar nicht passte. Ich hatte allerdings den Eindruck, dass sie die Caldrien ablehnt, weil sie aus dem Westen kommt."

Mit der Tasse in der Hand deutete auf seinen Assistenten. „Weißt du, manche laufen hier mit einem Dünkel herum, damit könnten sie jedem mecklenburgischen Junker das Wasser reichen."

Bevor er weitersprach, genehmigte er sich noch einen Schluck aus der Tasse. „Ich war auf gut Glück zu ihr gefahren, nur um mir schon einmal ein Bild zu machen. Was sie aussagte, hast du ja in meinen Bericht lesen können."

„Und wie kommen Sie darauf, dass sie mehr weiß, als sie sagt?"

„Eigentlich war es nur ihr untypisches Verhalten, das mich stutzig machte. Diese Frau schien mir einerseits vollkommen abgeklärt, und dann, an bestimmten Punkten des Gesprächs, wurde sie unsicher. Wir müssten mal überlegen, ob wir sie aufs Präsidium bestellen oder zu ihr gehen. Auf jeden Fall will ich sie noch einmal sprechen. Sie muss uns ja auch eine Antwort darauf geben, wann sie Engeler wirklich das letzte Mal gesehen hat."

„Ach", fiel es Borchardt ein, „ich sollte doch bei der Wache in Wismar anfragen. Dort ist keine Anzeige gegen Jürgen Engeler eingegangen."

„Hat sie einfach hingenommen, dass Engeler ihren Wagen demoliert hat?", sinnierte Jansen.

„Oder hat sie gewusst, dass eine Anzeige keinen Sinn mehr hat?", orakelte Borchardt.

Grabungen

Um fünf Uhr dreißig schreckte Anette schweißgebadet auf. Ein Traum, in dem ein Kind auf unerklärlicher Weise verschwindet und trotz aller Suche nie wieder auftaucht, hat sie aus dem Schlaf gerissen. Seit Jahren suchte dieser Albtraum sie in unregelmäßigen Abständen heim und hinterließ immer das gleiche bedrückende Gefühl von Enge ohne Ausweg. Nach diesen Träumen hätte sie sich am liebsten irgendwohin verkrochen, um nie mehr einen Menschen sehen zu müssen.

Widerstrebend stand sie auf, ging ins Bad und machte sich für den Tag fertig. Im alten Zeughaus, ursprünglich ein Waffenarsenal aus der Wismarer Schwedenzeit, war heute eine Vorbesprechung fällig. Einmal mehr nur für eine baubegleitende Maßnahme, wie sie enttäuscht festgestellt hatte, als sie vor zwei Tagen den Auftrag von Landesamt für Archäologie erhielt.

Auf dem Weg zur Besprechung wanderten ihre Gedanken zurück zu ihrer ersten Grabung hier in Mecklenburg. Es war eine mittelalterliche Wüstung, die im Zusammenhang mit dem Autobahnbau untersucht werden musste. Ein tolles Projekt. Mit allem war sie bestens ausgestattet: Geräte, Zeit, Personal, alles war ausreichend vorhanden. Sie hatte sich gänzlich auf die Erforschung und Auswertung der Befunde konzentrieren können. Doch seitdem die Grabung abgeschlossen war, wies man ihr lediglich kleinen baubegleitenden Untersuchungen zu, manchmal mehrere gleichzeitig. Augenblicklich hatte sie nur zwei

Grabungen. Ach was Grabungen! Nichtssagende Beobachtungen sind das, die nach ein oder zwei Wochen zu Ende sind. Möglich, dass sie gleich danach einen neuen Auftrag bekommt. Wenn nicht, muss sie warten.

Was hatte ihr Doktorvater ihr nach dem Abschluss geraten? „Gehen Sie in den Osten, dort wird gegraben wie verrückt." Von den prekären Arbeitsbedingungen hatte er nichts gesagt.

Nachdem sie beim Bäcker Tielsen ein belegtes Brötchen gekauft hatte, erreichte sie das Zeughaus mit Verspätung und noch kauenden Backen. Hansen, der Vertreter des Planungsbüros, hatte schon mit der Erläuterung des Bauablaufs begonnen. An Anette gewandt bemerkte er zum Schluss: „Bei diesem Projekt wird es ähnlich ablaufen wie letztens auf dem Schulhof. Wir werden nicht sonderlich tief auszuschachten haben. Ich hoffe, Frau Caldrien, Sie können mich beruhigen, was Knochenfunde angeht. Es wird doch wohl nicht wieder eine Überraschung geben?"

Die Überraschung, die Hansen ansprach, hatte auf dem Hof einer Schule stattgefunden, die am anderen Ende der Wismarer Altstadt lag. Die Pläne damals zeigten, dass der Graben für die neuen Schmutz- und Regenwasserrohre quer über den Schulhof verlaufen sollte. Dass unter dem Schulhof der Friedhof eines ehemaligen Klosters lag, war eine Randnotiz, die sie einfach übersehen hatte.

Es war ein arbeitsreicher Tag gewesen damals. Wie so oft hatte sie mehrere kleinere Baustellen in der Stadt archäologisch zu betreuen. Ein Reporter des Ostseeboten wollte außerdem ein Interview über die laufenden Projekte haben, und der Monatsbericht fürs archäologische Landesamt musste auch noch geschrieben werden. Danach fand sie endlich Zeit, den Graben auf dem Schulgelände, der in der Zwischenzeit aufgebaggert worden war, zu kontrollieren.

Auf dem Weg dorthin beschlich sie eine Vorahnung. Ihr Bauchgefühl sagte, dass ihr womöglich noch eine Überraschung bevorstehen würde. Und richtig: Der Abraum, den der Baggerfahrer neben dem Graben aufgeschüttet hatte, war übersät mit Knochen – menschlichen Knochen!

Sie wusste sofort, dass sie einen Fehler gemacht hatte. Die Vereinbarung zwischen dem Landesamt und dem Bauherrn besagte zwar, dass lediglich die Profile archäologisch untersucht werden sollten. Doch wieso hatte sie nicht bedacht, dass sich auf dem Gelände eines ehemaligen Klosters Gräber befinden können? Schimpfte sie sich nicht Expertin für das Mittelalter? Nie hätte sie den Baggerfahrer ohne Aufsicht arbeiten lassen dürfen!

Sie wanderte entlang der Erdhaufen. Rippen, Bein- und Armknochen sowie Schädel von mindestens zehn Bestatteten zählte sie bei der ersten Durchsicht. Natürlich entdeckte sie nicht nur Knochen: Der Bagger hatte schließlich Gräber zerstört. Zusammen mit Knochen und Erde waren Reste von verrotteten Särgen ebenso auf den Haufen befördert worden.

Die Abendsonne schickte ihre letzten Strahlen auf den Schulhof bevor sie hinter den umliegenden Häusern verschwand, als Anettes Aufmerksamkeit plötzlich auf etwas Blinkendes zu ihren Füssen gelenkt wurde.

Neugierig bückte sie sich und ergriff ein kleines Knäuel verbogener Drahtspiralen. Und als sie das mit weißen Kügelchen, silbrigen Plättchen und Glasperlen verzierte Gewirr näher betrachtete, wusste sie schlagartig, was sie in der Hand hielt: Die zerstörten Reste einer Totenkrone! Eines jener hauchzarten, filigrane Kunstwerke aus Silberdraht, mit denen Jungfrauen, aber auch Kinder in früheren Zeiten oft beigesetzt wurden. Als Zeichen der Reinheit sollten diese Kränze symbolisch die Vereinigung mit Christus bezeugen.

Und das alles hatte sie mit der Baggerschaufel aus dem Boden holen lassen? Ihr wurde kotzelend. Benommen ließ sie sich auf einen der Erdhaufen nieder, landete aber pikanterweise auf einem Schädel. Nach dem ersten Schock machte sich ein anderer Gedanke breit. Wie konnten die Bauarbeiter so pietätlos mit den Gebeinen umgehen? Sie wussten doch, wo Anette zu finden war. Man hätte sie schnell rufen können. Wismar war keine Großstadt. War denen nicht klar, dass sie es mit menschlichen Knochen zu tun hatten? Die konnte sie doch nicht einfach auf einen Haufen werfen?

Anette schaute sich um. Die Gegend schien wie ausgestorben. Keine Menschenseele war zu sehen. Die Häuser auf ihrer Straßenseite waren unbewohnt, die gegenüberliegenden durch einen kleinen baum-umstandenen Platz ein gutes Stück entfernt. Von dort war aus einem der offenen Fenster in übergroßer Lautstärke eine männliche Stimme und Applaus zu hören. Im Stillen war Anette froh über das deutsche Fernsehprogramm, das zu dieser Zeit scheinbar alle Menschen vor die Glotze bannte. Was aber würde am nächsten Morgen sein, wenn Leute hier vorbeikämen? Zum Glück waren jetzt Sommerferien und der Schulhof wegen der Bauarbeiten sowieso zum Spielen gesperrt. Trotzdem konnten die Knochen hier nicht offen liegenbleiben. Die Presse würde bestimmt freudig über die schönen Funde berichten, aber sicher auch über menschliche Schädel auf Abraumhalden.

Sie ging zu ihrem Wagen, der gleichzeitig Geräteschuppen und Transportmittel war. Mit Schaufel und Kelle sowie mehreren leeren Kartons kehrte sie um und machte sich daran, die Befundlage zu dokumentieren und die Funde einzupacken.

Jetzt begann für sie der schönste Teil ihrer Arbeit als Archäologin. Klar war die Aufnahme, das Einmessen, Zeichnen, Fotografieren und Beschreiben der Befunde das Herz einer jeden archäologischen Dokumentation. Doch am Beginn stand immer das Entdecken, das im wahrsten Sinn des Wortes entdecken.

„Ich fühle mich wie Kolumbus!", so hat es einmal ein früherer Mitarbeiter gesagt und damit genau den Kern der Faszination Archäologie getroffen. Treffender hätte ich es nicht formulieren können, hatte Anette damals gedacht. Angesichts der Grabumrisse, die sich nun vor ihr in der Profilwand herausschälten, empfand sie eine tiefe Befriedigung. Wenn auch nur zu einem geringen Teil, so meinte sie doch, mit ihrer Arbeit ein kleines bisschen Licht in das Dunkle der Geschichte zu tragen.

„Na, schon was Tolles gefunden?"

Erschrocken fuhr Anette hoch, stellte dann aber erleichtert fest, dass es ihre Freundin Kirstin war, die unbemerkt herangetreten war.

„Mein Gott! Hast du mich verjagt!"

„Und?", forderte Kirstin Anette auf, die Eingangsfrage zu beantworten.

„Ja! Gold!", verkündete Anette mit gespieltem Enthusiasmus.

Es war die übliche Begrüßungsformel zwischen ihnen, seit Kirstin wusste, dass Anette Fragen von Grabungsbesuchern, ob denn schon Gold gefunden worden sei, am meisten auf die Nerven ging.

„Was führt dich hierhin", wollte Anette nun von ihrer Freundin wissen.

„Ich hatte in der Stadt was zu erledigen und habe im Vorbeifahren dein Auto entdeckt. Was ist damit passiert? Welche Rowdies haben sich denn daran ausgelassen?"

Anette zögerte: „Ein heimlicher Feind vielleicht, der meint, die Archäologie verursache nur Kosten und verhindere, das blühende Landschaften entstehen?", meinte sie leichthin.

Kirstins fragenden Blick ausweichend wies sie sogleich voller Enthusiasmus auf die Reste der Totenkrone und quatschte danach die Freundin mit einer Vorlesung über die Besonderheit dieses Fundes voll.

„Oder, Frau Caldrien?", riss die Stimme des Bauleiters sie zurück in die Wirklichkeit. Anette schreckte auf.

„Nein, keine Sorge, Herr Hansen. Hier im Zeughaus sind keine verborgenen Gräber zu erwarten. Ich habe das überprüft." beruhigte sie den Vertreter des Planungsbüro und hoffte, dass es die richtige Antwort auf seine Frage war.

Die Pohls

Begleitet vom Kläffen der Hunde, die ihre Ankunft mit unverminderter Freude begrüßten, fuhr Kirstin Pohl auf den Hof ihres Hauses. Verärgert stellte sie fest, dass Knuts Wagen nicht da war. Sie hatte ihn doch gebeten, so lange zu Hause zu bleiben, bis sie ihre Einkäufe erledigt hatte? Aus dem Haus kam ihr das Läuten des Telefons entgegen. Auch das noch! Hastig stieg sie aus. Wer weiß wie lange es schon läutete. Sicher Monika, und ich kann die Mädchen abholen. Sie schloss die Haustür auf und hastete quer durch die Küche zu dem Tischchen, auf dem das Telefon stand.

„Ja!", meldete sie sich außer Atem.

„Du bist ja doch da!" Es war Anette. „Ich habe es länger läuten lassen, weil ich annahm, dass du im Garten bist."

„Nein, war ich nicht. Aber jetzt bin ich ja da. Was gibt's?"

„Ich muss dich sprechen. Bist du heute Abend zu Hause, oder hast du was vor?"

„Ich warte nur auf einen Anruf, um die Mädchen abzuholen. Sie sind zum Kindergeburtstag."

„Wenn es dir recht ist, komme ich um sieben."

„Ich weiß nicht. Willst du Ruhe haben? Dann komm lieber gegen halb neun. Die Mädchen sind jetzt im Sommer nicht so früh im Bett. Wir sind dann ungestört.

So wie es aussieht, ist Knut auch nicht da."

„Okay, bis dann!"

„Bring dir Wein mit, du weißt, ich habe nur den süßen."

Kirstin war sich nicht sicher, ob der letzte Satz noch angekommen war. Als sie auflegte, fiel ihr Blick auf eine Notiz neben dem Telefon: *Monika hat angerufen, ich hole die Mädchen ab.*

Erleichtert eilte sie nach draußen, um die Einkäufe aus dem Wagen zu holen. Vielleicht blieb ihr noch etwas Zeit, bevor die Zwillinge sie wieder in Anspruch nahmen.

Clara und Fanny: Manchmal schien es Kirstin, dass sie die Namen genau richtig gewählt hatte. War ihre Clara nicht genauso kämpferisch wie Clara Schumann, die nach einen zähen Kampf mit ihrem Vater die Erlaubnis zur Heirat mit Robert Schumann erstritt? Und glich Fanny in ihrer zaghaft zurückhaltenden Art nicht der Schwester des großen Mendelssohn-Bartholdy? So jedenfalls erschien es ihr. Dabei war die Auswahl der Namen damals sicher nicht nach den Gesichtspunkten gewählt worden. Es waren die Namen der beiden Großmütter.

Das Motorengeräusch von Knuts Auto schreckte sie aus ihren Gedanken. Sie ging hinaus, um ihre Familie zu begrüßen. Auf halber Strecke kam ihr Clara entgegen.

„Hallihallo, Mutti! Das war vielleicht eine tolle Fete. Zum Abschied haben wir alle auch noch ein Supergeschenk bekommen. Sieh!" Sie hielt Kirstin eine kleine Schachtel vor die Nase und schüttelte sie, wie um zu zeigen, wie super das Geschenk sei.

Fanny hatte sich eines der Welpen geschnappt und drückte das kleine Hündchen so fest an sich, dass es zappelte und quiekte, während Knuts Kuss Kirstins Wange nur flüchtig streifte.

„Hast du meine Nachricht gelesen?"

Seine Frage fand Kirstin überflüssig. Auch jetzt fiel ihr wieder das Alltäglich-Belanglose ihrer Gesprächen auf. Sie konnte nicht sagen, wann sich diese an Gleichgültigkeit grenzende Gleichförmigkeit eingeschlichen hatte. Ein gravierendes Ereignis oder ein besonderer Tag, der zu dieser Entfremdung geführt hatte, war ihr nicht bewusst – außer die Nacht des Mauerfalls. Aber lag die nicht schon weit zurück? Die Anforderungen der neuen Zeit damals ließen beide keinen Raum für grundsätzliche Überlegungen. Es galt, den Alltag zu bewältigen, und dann waren da ja noch die Zwillinge. Doch die Unzufriedenheit, die Kirstin mit ihrem Leben verspürte, wurde immer stärker. Die alte Vertrautheit, das blinde Verstehen war jedenfalls dahin. Fortgeweht durch die Ereignisse des großen Tages?

„Mutti, soll ich dir mal was verraten?" Fanny zupfte sie am Ärmel und holte sie aus ihren Gedanken zurück.

„Ja, was denn, Liebes?"

„Clara hat einen Freund. Er war heute auch auf Ramonas Geburtstag, und da haben sie sich geküsst."

„Was redest du da!", fuhr Clara ihre Schwester an. „Das stimmt doch gar nicht. Er durfte sich was wünschen, weil er beim Topfschlagen gewonnen hatte. Was kann ich dafür, wenn er sich so etwas ausdenkt.

Und außerdem war das kein richtiger Kuss. Nicht so einer, als wenn man miteinander geht."

Jetzt wurde Knut hellhörig. „Was verstehst du denn von richtigen Küssen?", wollte er von seiner Tochter wissen.

„Aber Papi, so was steht doch in der Bravo."

Knut blickte sie skeptisch an. Dass Kinder immer früher erwachsen werden, hatte er schon gehört. Dass das aber auch seine beiden Töchter betraf, war ihm bisher nicht bewusst geworden. Er seufzte. Wieder ein Moment, der ihm schmerzlich klar machte, dass er mit Ende vierzig vielleicht zu alt war für zwei zehnjährige Töchter.

„Wisst ihr was, Kinder", schaltete sich Kirstin ein. „Heute Abend kommt Anette. Ihr könnt etwas länger aufbleiben. Vorher räumt ihr aber euer Zimmer auf."

„Prima! Toll!", juchzten beide, schon wieder ein Herz und eine Seele, und stürmten ins Haus.

„Wie steht's mit den Hausaufgaben?", rief Kirstin hinterher.

„Sind fertig, haben wir schon in der Schule gemacht", tönte es von drinnen.

„War doch richtig, dass du heute Abend bei Rudi bist, oder? Anette will am Abend vorbeikommen", wandte sich Kirstin an ihren Mann. Beide folgten den Mädchen ins Haus.

„Ja, er baut immer noch an seinem Schuppen. But, by the way, weißt du schon das Neueste? Jürgen wird vermisst!"

Kirstin hasste diese neue Angewohnheit. Musste er ständig diese englischen Ausdrücke benutzen?

„Wie vermisst?", fragte sie gereizt.

„Rudi erzählte davon. Jürgens Mutter soll eine Vermisstenanzeige aufgegeben haben."

„Echt? Seit wann ist sie denn so besorgt um Jürgen? Sie kennt ihn doch. Wie oft der schon abgehauen ist. Der sagt doch nie Bescheid. Wenn es ihm einfällt, zieht er los. War schon früher so, nur wusste man da, wo er war. Aber wie oft ist der nach der Wende einfach losgezogen. Kannst du dich noch erinnern, dass er dir versprochen hatte, beim Bau zu helfen? Du hattest alles vorbereitet, und wer nicht kam, war Jürgen. Er wusste doch, dass du auf ihn angewiesen warst. Der Winter stand vor der Tür, und der Bau war nicht dicht. Ich könnte mich heute noch darüber aufregen, ehrlich!"

„Hör doch erst einmal zu." Knut schaute seine Frau erstaunt an. Gewöhnlich hörte sie sich den neusten Klatsch eher leicht amüsiert an. Dass Jürgen loszieht wann er will, wussten alle. Aber gerade deshalb fand er es besonders bemerkenswert, dass dessen Mutter ihn vermisst gemeldet hatte.

„Seine Mutter hat ihn seit gut acht Wochen nicht gesehen. Und seine Schwester … "

„Auch das ist kein Rekord bei Jürgen", fiel Kirstin ihm ins Wort.

„… sagt", setzte Knut unbeirrt fort, „dass auch Thorwald nichts von ihm gehört hat. Und du musst zugeben, wenn er sich da nicht meldet, dann ist es wirklich merkwürdig. Wer weiß, womöglich geht es ihm nicht gut"

„Woher willst du wissen, dass es ihm dreckig geht? Der sieht schon zu, dass er nicht zu kurz kommt. Hat sich immer gut durchgeschummelt."

Knut war baff. „Was ist denn mit dir los? Hat Jürgen dir was getan, dass du so loslegst?"

„Nein, natürlich nicht. Ich ärger mich nur über das Theater, das darum gemacht wird."

„Aber Hallo! Im Moment bist du diejenige, die Theater macht. Ich finde deine Reaktion gelinde gesagt übertrieben. Noch wissen wir gar nicht genau, was los ist. Aber vielleicht kann Anette dir was erzählen. Da fällt mir ein: Hattest du ihn nicht auch noch getroffen? Du hast mir doch die Sache mit dieser Expedition nach Alaska erzählt, die er vorhat."

Knut beobachte seine Frau genau. Wird sie ihm jetzt sagen, was das genau für ein Treffen war? Er wartete auf eine Erklärung. Doch Kirstin überhörte seine versteckte Frage.

„Anette wird mehr wissen", erwiderte sie und verschwand im Bad.

Bei einem Glas Wein

Es war ein milder Augustabend. Die Zwillinge waren im Bett und Kirstin und Anette saßen auf der Bank draußen vor dem Haus. Durch das offene Fenster über ihnen hörten sie die Mädchen noch tuscheln und kichern.

„Komm, wir setzen uns hinter den Schuppen, sonst finden die beiden dort oben gar kein Ende", schlug Kirstin vor.

„Och, schade." Das war Claras Stimme. „Wir wollen doch hören, was ihr euch zu erzählen habt."

Kirstin legte den Zeigefinger auf den Mund, um Anette anzudeuten, dass sie darauf nichts sagen solle. Leise griffen sie nach ihren Gläsern und der Flasche Wein – Anette hatte natürlich keinen eigenen mitgebracht – und schlichen auf Zehenspitzen hinter das Haus.

„Ich sehe euch! Ihr braucht gar nicht so heimlich-tun!", schallte es hinter ihnen her.

Anette konnte nicht mehr an sich halten und prustete aus vollem Halse los, während Kirstin die Hände zum Himmel streckte und theatralisch rief: „Herr, womit habe ich ein solches Kind verdient?"

„Das wissen wir nicht! Das wissen wir nicht!", trällerte Clara hinter ihnen her.

Als Anette immer noch lachend in einen der Gartensessel plumpste, meinte sie, selten eine so aufgeweckte Zehnjährige gesehen zu haben. „Bist du sicher, dass die zweite auch von dir ist? Fanny ist so ganz anders."

„Na, dass die beiden zusammengehören, lässt sich wohl nicht übersehen."

Das konnte Anette nur bestätigen. So unterschiedlich die Zwillinge in ihrem Wesen waren, so sehr glichen sie sich in ihrem Aussehen.

„Weißt du, manchmal denke ich, wir haben so lange auf Kinder warten müssen, damit sie jetzt groß werden können", setzte Kirstin fort. „Unter dem Zwang der DDR-Erziehung wären sie erdrückt worden. Kannst du dir vorstellen, wie man Clara quasi mundtot gemacht und wie wenig man auf Fanny Rücksicht genommen hätte."

„Was hatte uns das Ganze denn gebracht?", fragte sie weiter. „Ja, einen Kitaplatz für jedes Kind, eine besondere …", sie deutete Anführungszeichen in die Luft, „Fürsorge für die Kleinen, jeden Morgen Milch im Kindergarten, günstige Kinderkleidung und all das, was wir heute teuer bezahlen müssen oder was ganz abgeschafft worden ist. Das alles hatten sie uns gegeben. Aber um welchen Preis? Letztendlich war es darauf hinausgelaufen, die Menschen zu funktionierende Bürger einer Gesellschaft zu machen, in der die Partei bestimmt, wer Freund und wer Feind ist und wo jedes Abweichen von der Parteilinie den Menschen ausgetrieben wurde. – Hat ja auch ´ne ganze Weile geklappt", setzte sie nach einer kleinen Pause sarkastisch hinzu.

„Aber war das System wirklich so absolut? Wenn ich mich daran erinnere, was du mir letztens von den

Kremer-Brüdern erzählt hast, gab es schon Ausnahmen."

„Ja, die Kremers waren eine Ausnahme. Aber sie wurden auch nicht ernst genommen. Denen hatte man in Gedanken ein Schild mit der Aufschrift *bekloppt* umgehängt, und seitdem hatten sie so etwas wie Narrenfreiheit. Auch ich habe ihnen immer mit einem ironischen Lächeln zugehört. So nach dem Motto, man weiß ja, wer das sagt. Sogar der Abschnittsbevollmächtigte hatte sie reden lassen", versuchte Kirstin zu erklären. „Betrunkene konnten ja auch den Mund aufmachen, wenn sie nur am anderen Tag wieder stramm auf Linie waren. Bei Heiko und Harald kontrollierte man das schon gar nicht mehr. Man hatte sie gewähren lassen, weil keiner sie wirklich ernst nahm. Aus Sicht der Partei funktionierten wir Bürger richtig, wir ignorierten sie. Ich glaube mittlerweile, dass die Kremers durch unsere Ignoranz erst so geworden sind, so spleenig, und ständig ihre Wahrheit herausposaunten, denn eigentlich waren beide hochintelligent.

Gedankenversunken nahm Anette einen Schluck Wein „Kennst du das Buch *Die Macht der Ohnmächtigen* von Václav Havel?", unterbrach sie das Schweigen. „Irgendwie erinnert mich deine Schilderung von den beiden daran."

„Ich habe es nicht gelesen, kenne aber den Inhalt. Es geht doch darum, dass, wenn viele die Wahrheit sagen, die Mächtigen erzittern werden, oder?"

„Das auch. Gemeint ist aber wohl, dass sich die Menschen viel zu oft selbst belügen und deshalb schweigen. Das spielt den Mächtigen in die Hände." Ich will den Menschen hier nicht zu nahetreten", fuhr Anette fort, „zumal ich die DDR nie kennengelernt habe. Vielleicht ist es denkbar, dass man den Brüdern nichts erwiderte, weil man dann eine Selbstlüge aufgedeckt hätte?"

„Leicht gesagt. Aber, ist es nicht so, dass dazu Mut nötig ist. Ich meine, wenn man sich nicht mehr selbst belügt und die Wahrheit vielleicht erkennt, dann braucht man auch die Courage, sie auszusprechen, oder?"

„Tja, da hast du auch recht", bemerkte Anette mit einer hilflosen Geste.

Wieder schwiegen die Freundinnen eine Weile.

„Was ist aus ihnen geworden?", nahm Anette den Faden auf.

„Den Kremers? Ach, das ist eine tragische Geschichte. Der Harald, der ältere der beiden, ist tot. Er war in einer Schlägerei verwickelt und ist wohl unglücklich gefallen. Heiko, sein Bruder, hat das bis heute nicht verwunden. Seitdem läuft er aus der Spur. Dabei ist es, glaube ich, schon über sieben Jahre her. Kritische Äußerungen hört man nicht mehr von ihm, dafür soll er trinken wie ein Loch."

„Es gibt schon schlimme Schicksale", bemerkte Anette. „Ich kenne einen im Westen, der mit unserem System auch nicht zurechtgekommen ist und darüber richtig schrullig wurde."

„Ist nicht ganz zu vergleichen", winkte Kirstin ab. „Die Kremers liefen wirklich Gefahr, bei der Stasi zu landen."

„Wie gesagt, vor der Wende war ich nie in der DDR,

doch wenn Jürgen von früher erzählte, bekam ich manchmal den Eindruck, dass es gar nicht so schlimm war."

„Doch! Doch! Es war schlimm", erwiderte Kirstin heftig. „Wir haben es nur nicht mehr so empfunden – siehe Selbstlüge. Viele von uns wollten es auch so genau gar nicht wissen. Zynisch gesagt fehlte uns nur die Reisefreiheit. Und heute fangen einige schon an, die damalige Zeit wieder zu glorifizieren. Und in Bezug auf Jürgen kann ich dir sagen: alles nur großes Gerede. Angeeckt ist der nie, ich meine bei der Stasi. Damit ist nicht gesagt, dass er alles akzeptiert hatte. Er hat sich eben abgefunden. Wie so viele von uns."

„Die Kripo war seinetwegen heute bei mir."

„Ja, ich weiß, seine Mutter hat eine Vermissten-anzeige aufgegeben. Knut hat es mir erzählt. Ach, und die Polizei war schon bei dir? Haben sie gedacht, du versteckst ihn?"

„Weiß nicht. Mir ist nicht ganz klar geworden, was der Kommissar wollte, außer natürlich, wann ich Jürgen zuletzt gesehen habe."

„Habt ihr euch denn noch einmal nach meinem Geburtstag gesehen?"

„Das ist ja die Krux. Jürgen war noch mal da, um seine Sachen zu holen! Das habe ich dem Polizisten verschwiegen. Ist mir vollkommen schleierhaft, warum. Ich habe auch erzählt, dass ich die Blumen zum Geburtstag bekommen habe, dabei habe ich sie mir selbst gekauft."

„Das verstehe ich jetzt nicht"

„Ich war leichtsinnig. Ich wollte einmal einen ganzen Eimer voll Blumen haben."

„Und da hast du dir einen Eimer voll gekauft? Prächtig!" Kirstin war amüsiert. Das ist Anette, sagte sie sich, gibt manchmal ein Heidengeld nur für einen flüchtigen Augenblick aus. „Machst du dir deswegen jetzt Sorgen?", fragte sie. „Wen interessiert das schon? Ich werde nichts sagen und schweigen wie ein Grab" Sie unterstrich ihre Worte mit einer entsprechenden Geste vor dem Mund.

Anette ging nicht auf Kirstins ironische Bemerkung ein. „Er kam erst Wochen später, um seine Sachen abzuholen", sagte sie. „An dem Tag hat er mein Auto demoliert, und das hat die Schürmann mitgekriegt. Ich fresse 'nen Besen, wenn es die Polizei nicht auch schon weiß. Und jetzt sieht es aus, als hätte ich etwas mit seinem Verschwinden zu tun", versuchte sie sich zu rechtfertigen.

„Übertreibst du da nicht?" Kirstin zog die Augenbrauen hoch. „Das wäre doch nur wichtig, wenn wirklich etwas Ernsthaftes geschehen wäre, was ich nicht glaube. Ich bin davon überzeugt, dass Jürgen mal wieder auf Achse ist. In der Beziehung kennen wir ihn doch. Heute hier, morgen dort. Wie es ihm gefällt. Hast du richtig gemacht, ihn vor die Tür zu setzen. Er ist sicher wieder in Berlin. Er kennt doch genug Leute, bei denen er sich einnisten kann. Besser bei denen als bei dir, musst du dir sagen", versuchte sie ihre Freundin zu beruhigen. „Nee, ich würde mal abwarten. Genauso plötzlich wie der abtaucht, taucht er auch wieder auf."

„Weißt du, dass ich seine Katze verschenkt habe?", verkündete Anette in die entstandene Stille hinein.

„Was?" Kirstin verschluckte sich beinahe am Wein.

„Ja, ich habe eine Anzeige aufgegeben. Es hat sich auch gleich jemand gefunden, der sie haben wollte."

„Nein, das glaube ich nicht!"

„Glaub es ruhig", fuhr Anette ungerührt fort. „Ich war es leid, mich um das Tier zu kümmern. Er scherte sich ja auch nicht um sie. Und nebenbei bemerkt, fraß dieses Mistvieh ja nur das Beste, sprich Teuerste."

Die Katze – eine norwegische Waldkatze, wie Jürgen es Kirstin einmal erklärt hatte – war sein ein und alles. Den Eindruck hatte sie gewonnen, als sie bei einem Besuch einmal mitbekommen hatte wie zärtlich er mit dem riesigen Tier sprach und mit welchen Koseworten er die Katze bedachte. Für ihre Begriffe übertrieben.

„Wann hast du denn die Katze weggeben?", erkundigte sie sich.

„Weiß ich nicht mehr genau. Sie war aber weg, als er seine Sachen holte. Deswegen hat er mir das Auto demoliert. Er wollte sich rächen."

„Du bist mir eine. Hättest du das Tier nicht auch zu seiner Mutter bringen können. Ich habe jetzt den Verdacht, dass auch du dich rächen wolltest."

„Und wenn schon", antwortete Anette. „Eigentlich habe ich mich noch tierlieb verhalten. Ich hätte sie ja auch in einen Sack stecken und in die *Frische Grube* schmeißen können."

Erstaunt blickte Kirstin ihre Freundin an. In den Bach, der durch Wismar läuft? Meinte sie das ernst? Sie fragte sich, inwieweit hinter der Trennung der beiden mehr steckte, als Anette bereit war zu sagen, denn das mit dem demolierten Auto hatte sie ihr zuerst ja auch verschwiegen.

Kirstin und die Kommissare

Hinter Ripstorf wurde der Weg schlechter.

„Was hat der Mann gesagt? Nach der Trafostation rechts in den Feldweg rein? Da! Da vorne ist es!"

Hektisch wies Jansen auf einen Feldweg rechts der Straße hin. Sie waren auf den Weg zu den Pohls. Der Kommissar fuhr nicht gerne, und so saß Borchardt am Steuer.

„Was versprechen wir uns eigentlich von einem Gespräch mit den Pohls?", fragte sein Assistent zwischen zwei Schlaglöchern.

„Wenn ich ehrlich bin, weiß ich das auch noch nicht so genau. Nur mal so recherchieren und vielleicht eine andere Sicht auf die Dinge bekommen, denke ich. Sie sind diejenigen, bei der sich Anette Caldrien und Jürgen Engeler kennengelernt haben. Jedenfalls kennen sie beide. – Hoppla! Wo kommen denn die vielen Hunde her? Ach schau mal die Kleinen. Pass auf, dass du sie nicht überfährst."

Noch bevor Borchardt den Wagen auf das vor ihnen liegende Grundstück fahren konnte, war eine Dackelmeute laut kläffend auf das Auto losgestürmt. Ein ganz Vorwitziger kam dem Auto immer wieder recht nahe. Borchardt befürchtete, ihn zu überfahren. Doch der Hund wich geschickt der Gefahr aus, was auf eine lange Übung schließen ließ. Kleine, vielleicht zehn Wochen alte Welpen, hatten mehr Respekt und bellten in piepsigen Tönen aus gebührendem Abstand das Auto an.

Vorsichtig bugsierte Borchardt den Wagen auf den Hof. Sie stiegen aus und sahen sich um. Vor ihnen lag ein älteres, nun renoviertes Bauernhaus. Ein Holz-schuppen auf der rechten Seite des Hause und ein kleiner Bauerngarten auf der linken umfassten einen Hof, der mit Feldsteinen gepflastert war. Borchardt wandte sich dem Eingang zu, die Hunde an seinen Fersen.

„Nun seid mal ruhig. Ich tu´ euch doch nichts", versuchte er die Tiere zu beruhigen. Langsam wurde er nervös, das Gebell ging ihm auf die Nerven. Wann kam denn endlich jemand? In selben Augenblick erschien eine Frau in der Tür.

„Bella! Boris! Ruhe jetzt!", rief sie die Hunde zur Ordnung. Aber es nütze nicht viel. Die Worte prallten an den Dackelohren ab.

Jansen, der Hof und Haus erst in Augenschein genommen hatte, trat nun hinzu. Er beugte sich zu den Hunden hinab und flüsterte ihnen ein paar leise Worte zu. Sofort war Stille.

„Wow! Wie geht das denn? Magie?" Borchardt sah seinen Vorgesetzten erstaunt an.

„Nein, nein", wehrte dieser ab. „Keine Zauberei. Aber irgendwie hören Hunde auf mich. Außerdem habe ich ihnen Hundekuchen gegeben, den habe ich für solche Fälle immer dabei", setzte er augen-zwinkernd hinzu.

Noch einmal rief die Frau die Hunde zu sich. Diesmal folgten sie und ließen sich ohne Murren in den Schuppen sperren. Danach wandte sie sich mit fragendem Blick an die Männer.

Vor den Kommissaren stand eine mittelgroße Frau mit blondem, naturgewelltem Haar. Um ihren Mund lag ein leicht verspielter, ironischer Zug. Ihr Anblick erinnerte Jansen an das Abbild einer Frau auf einem Gemälde von Botticelli. Wie auf dem Bild glaubte Jansen auch in den Augen der Frau, die nun vor ihm stand, einen Anflug von Melancholie zu entdecken. Ohne Zweifel eine sehr schöne Frau.

„Jansen", stellte er sich vor, „und das ist mein Kollege Borchardt. Wir sind vom ersten Kommissariat aus Schwerin. Sie sind Kirstin Pohl?" Und als die Frau nickte, fuhr er fort: „Wir kommen in der Angelegenheit Jürgen Engeler. Er wird vermisst. Wir hätten da ein paar Fragen."

Jansen streckte ihr die Hand hin. Ihr Händedruck war flau, irgendwie unangenehm. Der Kommissar vertrat den Standpunkt, dass auch eine Frau einen Händedruck deutlich erwidern konnte. Schließlich musste sie im Haushalt oder bei der Arbeit auch zupacken können. Und hier, sein Blick wanderte über das Haus zum Schuppen und weiter zum Garten, war einiges zu tun.

Borchardt stand mit offenem Mund da und fand sichtlich keine Worte. Er schien gefesselt von dem Anblick der Frau. Endlich erwachte er.

„Ich bin ..., mein Name ist Jürg ..., Quatsch, Holger Borchardt", stotterte er, die Hand zum Gruß ausgestreckt. Zu allem Überfluss bekam er auch noch rote Ohren.

Jansen warf einen schrägen Blick auf seinen Assistenten. Der Blick zurück auf Kirstin Pohl verriet ihm, dass sie solche Reaktionen gewohnt war. Liebenswürdig lächelte sie Borchardt an.

Er, im Bemühen, den Abstand zwischen ihnen zu verringern, stolperte über seine Beine, und da Kirstin Pohl auch ihm die Hand entgegenstreckte, wirkte das Ganze wie ein Fall in ihre Arme. Borchardt konnte sich aber noch rechtzeitig abfangen, sodass der Händedruck ausfiel wie ein tiefer Diener von einem wohlerzogenen Vierzehnjährigen.

„Kommen Sie doch rein." Kirstin wies auf die offene Haustür. Ihre Stimme war angenehm melodisch und gefiel Jansen deutlich besser als der Händedruck. Er trat durch die Tür und hatte die ähnliche Szene zwei Tage zuvor bei Anette Caldrien vor Augen. Deren burschikoses Auftreten stand im krassen Gegensatz zu der zurückhaltenden, aber dennoch herzlichen Einladung, mit der Kirstin Pohl sie in ihr Haus bat.

Eine halbe Stunde später saßen Jansen und Borchardt im Wagen und fuhren in Begleitung der kläffenden Hunde vom Hof.

„War doch ergiebiger, als wir es uns vorgestellt haben, was meinst du?"

Jansen hoffte, nachdem Kirstin Pohl nicht mehr anwesend war, etwas mehr als stolpernde Sätze aus seinem Assistenten herauszubekommen.

„Was? Ach so. Äh, ich glaube, wir haben ein paar neue Hinweise bekommen."

„Junge, das meine ich wohl auch! Sie sagt, sie habe Engeler nach ihrem Geburtstag noch einmal in der Stadt getroffen und rückt erst damit heraus, als ihr Mann sie darauf aufmerksam macht?"

„Wir hatten ja auch nicht danach gefragt."

„Jetzt argumentierst du wie ein Anfänger. Eine Viertelstunde lang reden wir da drinnen über Jürgen Engeler, über Anette Caldrien und wann die beiden sich wohl das letzte Mal gesehen haben. Und dass sie, Kirstin Pohl, ihn auch noch einmal getroffen hatte, ist ihr angeblich entfallen? Nee, nee! Spätestens wenn man erfährt, dass einer aus dem eigenen Bekanntenkreis vermisst wird, versucht man, sich zu erinnern, wo und wann man ihn zuletzt gesehen haben könnte. Erst recht, wenn die Polizei eingeschaltet ist. Junge, das hat man dir aber schon beigebracht, oder?"

„Ja Chef, ist klar." Sein Assistent klang etwas kleinlaut.

„Ist schon gut", erwiderte Jansen versöhnlich, „ich weiß ja, woran es liegt!"

„Geben Sie zu. Sie ist wirklich eine schöne Frau." Borchardt schien immer noch von Kirstin Pohls Präsenz gefangen zu sein.

„Ohne Zweifel. Aber eines wurde deutlich, und das sagt mir diesmal mein Erfahrungsschatz in puncto Beziehungen." Jansen wies mit dem Daumen über die Schulter nach hinten auf das Haus, das im Rückfenster des Autos kleiner wurde. „Zwischen den beiden besteht eine negative Spannung."

„Genau das ist mir auch aufgefallen. Trotzdem ein tolles Paar. Mit dem können wir nicht konkurrieren."

„Nein, bestimmt nicht." Jansen musste schmunzeln.

„Aber was könnte der Grund gewesen sein, dass Kirstin Pohl eine Begegnung mit Jürgen Engeler verschwiegen oder, wie sie sagte, vergessen hat?", überlegte er weiter. „Bei dem Treffen habe er ihr gesagt, dass sein Alaskaprojekt von einer Firma unterstützt wird. Sie sagte auch, dass er mit dem Fahrrad da gewesen sei. Das schränkt seinen Aktionsradius ein. Er wird sich in der Stadt beziehungsweise in der Umgebung aufhalten. Doch wo ist er nun? Haben deine Recherchen etwas ergeben?"

„Die Nachfragen bei seiner Arbeitsstelle in der Diskothek und bei den anderen Teilnehmern der Exkursion haben nichts Erwähnenswertes ergeben, außer dass er nach seinem Urlaub nicht wieder aufgetaucht war. Keiner von denen wusste, dass er nicht mehr mit seiner Freundin zusammen war. Dann habe ich versucht, mich in die Lage von Jürgen Engeler zu versetzen und bin zu dem Schluss gekommen, dass eine Nachfrage auf einen der Campingplätze der Umgebung wohl aussichtsreich ist."

„Und?"

„Treffer! Der Campingplatz in Strömkendorf hat ihn auf seiner Liste. Wir können gleich hinfahren, der Betreiber ist heute Nachmittag da und kann uns Genaueres sagen."

Der unangenehme Herr Conradi

Nach der Mittagspause machten sich Jansen und Borchardt auf den Weg zum Campingplatz. Eingeklemmt zwischen einer nicht enden wollenden Kolonne von Lastwagen, Wohnmobilen und Touristenbussen aus dem Westen quälten sich die Kommissare quer durch Wismar von einer Ampel zur nächsten. Der kürzere Weg südlich um die Altstadt war gesperrt, sodass sie am Hafen entlangfahren mussten.

Der Fall Engeler schien sich aufzuklären, denn …

… „Ja, Jürgen Engeler ist hier eingetragen."

Das hatte am Morgen eine kindliche Frauenstimme am Telefon zu Borchardt gesagt. Und auf seine Frage, ob Herr Engeler auf dem Platz sei, bekam er mitgeteilt, dass sie das nicht so genau wisse, heute hätte sie ihn noch nicht gesehen. Er, Borchardt, solle später noch einmal anrufen, dann sei Herr Conradi, der Chef, da und könne besser Auskunft geben.

„Na, das hört sich doch gut an", meinte Jansen, als Borchardt ihm nun von dem Telefonat berichtete. „Vielleicht löst sich ja alles in Wohlgefallen auf. Ich hätte nichts dagegen. Sollen die beiden Frauen doch ihr Geheimnis behalten, wenn sie denn eins haben. Wahrscheinlich irgendeine Geschichte mit Liebe und Eifersucht, wo die eine der anderen hoch und heilig versprechen musste, ja nichts zu sagen", erklärte er scherzend.

Eine halbe Stunde später hatten die Kommissare den Campingplatz endlich erreicht. Vor dem heruntergelassenen Schlagbaum am Eingang wies ein Schild darauf hin, dass sich Besucher zuerst im Büro anzumelden haben.

Borchardt stellte den Wagen auf dem Seitenstreifen ab und schaltete den Motor aus.

„Kommen Sie Chef, wir überzeugen uns davon, dass Jürgen Engeler quietschfidel am Strand liegt und nur einen Extraurlaub einschiebt, und dann gönnen wir uns ein Eis. Ich kenne ein gutes Eiscafé in Wismar."

Conradi, der Besitzer des Platzes, etwas zu korpulent und sichtlich mit hohem Blutdruck aus-gestattet, erwartete sie schon. Hinter einem, mit Papieren, leeren Kaffeetassen und übervollen Aschenbecher beladenen Schreibtisch sitzend, empfing er die beiden Polizisten mit einer brennenden Zigarette in der Hand, an der er immer wieder, auch während ihres Gespräches, heftig zog.

„Manu sagte mir schon, dass Sie Jürgen suchen. Sie kennt die Leute hier nicht so genau, das hat sie nicht so drauf." Conradi unterstrich seine Worte mit einer bezeichnenden Geste der flachen Hand vor seiner Stirn. „Aber ich fürchte, ich kann Ihnen da auch nicht weiterhelfen. Ich muss gestehen, ich habe Jürgen schon länger nicht gesehen."

„Was verstehen Sie unter länger?", fragte Borchardt.

„Na, so gut sechs, acht Wochen. Ganz genau weiß ich es nicht."

„Wie ist er denn hier untergekommen? Hat er einen

Wohnwagen?" Jansen grauste es schon bei der Vorstellung, er müsse über Wochen in so einem Kasten leben.

Conradi kam um den Tisch herum und wies nach draußen. „Kommen Sie, ich zeige Ihnen seinen Platz, dann können wir auch gleich schauen, ob er da ist."

Von einem Brett an der Wand nahm er einen Schlüsselbund mit der Nummer neun. Gemeinsam gingen die drei Männer in Richtung Ausgang, vorbei an einer kleinen Lebensmittel- und Kramwarenabteilung. Vor einem Regal hockte eine junge Frau und sortierte große Tüten Chips ein.

„Hey Manu, nicht trödeln!", herrschte Conradi die Frau im Vorbeigehen an. „Die Waschräume müssen noch sauber gemacht werden."

„Ich komme den ganzen Sommer kaum zum Luftholen", wandte er sich an die Kommissaren, „und Manu ist auch keine große Hilfe. Alles muss man ihr zweimal sagen. Jetzt ist das Wetter wenigstens besser, da sitzen die Gäste nicht mehr den ganzen Tag vorne in der Kneipe rum. Dann komme ich nämlich auch zu nichts, denn in der Kneipe kann ich Manu noch weniger alleine lassen."

Vielleicht hatte Conradi eine Reaktion auf seine Erklärung erwartet, doch Jansen und Borchardt schwiegen.

Der Weg führte die Männer an einer Reihe Wohnwagen vorbei. Allem Anschein nach feste Standplätze, denn die Besitzer hatten sich häuslich eingerichtet: Vorgarten, Zaun, Blumenbeet, alles akkurat und sauber. Und natürlich Gartenzwerge. Die offensichtliche Mischung aus Spießertum und muffiger Enge ließ Jansen erschauern.

Allerdings, nach allem, was er bisher über Jürgen Engeler erfahren hatte, konnte er sich nicht vorstellen, dass ihm so eine Atmosphäre behagen würde. Die Pohls haben ihn als einen Menschen beschrieben, der seine Unabhängigkeit und Andersartigkeit immer betont und sich auch nicht scheut, seine Verachtung, wenn nötig, offen zu zeigen. Die Unterkunft hier war sicher eine Notlösung.

„Jürgen habe ich eine der Datschen dort hinten gegeben", sagte Conradi und deutete auf einige Hütten am Ende des Weges.

In Reihenhausmanier standen dort zehn dunkel-braun gebeizte Holzhütten mit bis zum Boden reichenden Dächern. In den nach Süden ausgerichteten Giebeln befanden sich die Fenster und Eingangstüren.

„Jürgen kam irgendwann vor Pfingsten hier an und brauchte ein Dach über dem Kopf", berichtete Conradi weiter. „Wir kennen uns aus der EOS*. Wegen der alten Schulzeiten zahlt er nur einen kleinen Preis. Dafür muss er das Haus aber auch sauber halten und sofort räumen, wenn Gäste kommen. Bisher war er dann in ein Zelt gezogen, welches er sich unten am Wasser aufgestellt hat. Viele Sachen hat er ja nicht unterzubringen. Spätestens morgen muss ich Jürgen Bescheid geben. Fürs Wochenende ist die Datsche belegt."

* Erweiterte Oberschule

Conradi ging auf das vorletzte Haus zu, klopfte kurz an und schloss die Tür auf, ohne eine Antwort abgewartet zu haben. Innen schlug den Männern ein Schwall abgestandener Luft entgegen.

Jansen hielt den Atem an. Das letzte Mal war ihm so ein Geruch in die Nase gestiegen, als er die Wohnung eines Mannes durchsuchen musste. Der war vollgepumpt mit Schlaftabletten am Strand des Wohlenberger Wieks einfach ins Wasser gegangen und in Richtung Norden geschwommen. Die mit Fraßspuren übersäte Leiche fanden Fischer sechs Tage später in der Lübecker Bucht in ihrem Netz. Erst nach drei Wochen hatte die Wasserschutzpolizei Schleswig-Holsteins den Mann identifizieren können und den Mecklenburger Kollegen Bescheid gegeben.

In den letzten Jahren hatte Jansen solche Wohnungen oftmals betreten müssen. Für ihn war die Luft in diesen Räumen typisch. Sie roch nach Alleinsein, nach Verzweiflung und nach Trauer. Wer dort wohnte, war ohne Anhang, ohne Freunde und immer ohne Arbeit. Und oft waren es Männer-wohnungen.

Er schaute sich im Zimmer um. Gleich neben dem Eingang befand sich auf der rechten Seite eine Sitzgruppe mit einer Schlafcouch. Die darauf befindliche Bettwäsche zeugte davon, dass Jürgen Engeler sich nicht die Mühe gemacht hatte, eines der Betten zu nutzen, die sicherlich oben in der Dach-schräge standen. Im hinteren Teil des Raumes war eine Küchenzeile untergebracht. Davor ein Tisch mit vier Stühlen. Jeans, T-Shirt, Socken und zusammenge-knüllte Unterwäsche waren unordentlich über einen Stuhl geworfen. Am Garderobenhaken hing eine Regenjacke. Eine schmale Wendeltreppe führte nach oben.

Auf dem Tisch zwischen einem benutzten Glas und

einer angefangenen Flasche *Club Cola* lagen mehrere Tonbandkassetten. Neugierig schaute Jansen auf die Titel: *Lisa Gerrard, Erik Satie.* Diese Interpreten sagten Jansen nichts. Ein Brief mit dem Schriftkopf der Trekkingfirma aus Rostock interessierte ihn schon mehr. Kurz überflog er den Inhalt.

Sehr geehrter Herr Engeler,

auf unser Gespräch vom 16. 06. d. J., in dem Sie und Ihre Mitstreiter uns den Ablauf Ihrer Expedition vorstellten, freue ich mich, Ihnen heute mitzuteilen, dass wir Ihr Exposé an Herrn Rohrbach aus unserer Finanzabteilung weitergeleitet haben. Generell können wir Ihnen sagen, dass wir Ihr Vorhaben unterstützen werden. Herr Rohrbach prüft, ob die von Ihnen benötigte Ausrüstung in den finanziellen Rahmen passt, den wir uns abgesteckt haben. Er wird sich bei Bedarf mit Ihnen in Verbindung setzen.

Sobald alles geregelt ist, wenden wir uns zwecks Vertragsaushändigung und Unterschrift erneut an Sie.

Was ja am 26. Juli dann passieren sollte, ergänzte Jansen in Gedanken. Er drehte sich um und schaute angestrengt in den Raum hinein. Einen Augenblick dachte er nach.

„Ich denke, die Spurensicherung wird kommen müssen", wandte er sich an Borchardt.

Der nickte zustimmend und hielt Conradi gerade noch zurück, ein Fenster aufmachen. „Wir wollen doch so wenig Spuren wie möglich hinterlassen", erklärte er. „Und dann brauchen wir alle Schlüssel des Hauses."

Conradi war verwirrt. „Wieso? Soll das jetzt heißen, dass Sie hier ermitteln? Hören Sie! Die Datsche ist zum Wochenende vermietet. Bis dahin müssen Sie fertig sein."

„Wann wir fertig sind, bestimmen nicht Sie", beffte Jansen. Er konnte sich nicht helfen: Dieser Mann war ihm unsympathisch. „Also! Gibt es noch weitere Schlüssel? Und machen Sie die Zigarette aus!"

„Oh Entschuldigung!", theatralisch hob Conradi seine Hände und trat einen Schritt zurück.

„Nicht hier drinnen, draußen!", stoppte Borchardt ihn gerade noch, als er sah, dass Conradi den Ascher auf dem Tisch benutzen wollte.

„Sie müssen ja nicht gleich krummer Hund zu mir sagen", erregte sich der Campingplatzbesitzer. „Es dürfte euch nicht entgangen sein, dass ich mit dem Vermieten mein Geld verdiene und dass das mein gutes Recht ist. Die Zeiten sind ja zum Glück vorbei, in denen man nach eurer Pfeife tanzen musste."

„Sie täuschen sich", erwiderte Jansen kalt. Das vertrauliche *euch* machte ihn wütend. „Sie scheinen uns zu verwechseln. Wir sind von der Kripo", betonte er mit Nachdruck, wenngleich er wusste, dass so eine Differenzierung auf taube Ohren stieß. Immer die gleiche Leier, dachte er. Wann lernen die Leute endlich zu unterscheiden?

Borchardt versuchte, beruhigend einzuwirken. „Lassen Sie uns erst einmal rausgehen, bevor wir noch mehr Spuren hinterlassen. Und dann geben Sie uns die anderen Schlüssel, Herr Conradi. Und natürlich werden wir versuchen, Ihnen das Haus sobald wie möglich wieder freizugeben."

„Tja, der Schlüssel. Ich habe nur diesen hier, den zweiten hat Jürgen."

Ein Gespräch von Mutter zu Mutter

„Sagen Sie mir, was ist passiert? Sie wissen es doch am ehesten."

„Nein, Sie täuschen sich. Unsere Beziehung war schon lange zu Ende. Lange bevor ich ihn dann endli..."

... endlich rausgeschmissen habe, hatte Anette auf der Zunge, besann sich aber noch rechtzeitig. So abwertend wollte sie die damalige Situation Jürgens Mutter gegenüber nun doch nicht schildern. Obwohl es faktisch ein Rausschmiss war.

„Es war nun mal so, dass die Lage für mich sehr schwierig wurde."

„Na, aber irgendetwas muss doch passiert sein!"

Sichtlich niedergeschlagen saß Rita Marholz auf dem Sofa, auf dem noch wenige Tage zuvor Kommissar Jansen so unbequem Platz gefunden hatte. Sie hegte eine diffuse Abneigung gegen diese Frau und hatte daraus auch nie ein Hehl gemacht. Umso schwerer war ihr der Schritt gefallen, Anette um ein Gespräch zu bitten.

Was war bloß in Jürgen gefahren, sich mit einer älteren Frau einzulassen? Gut, für ihre vierzig sah sie noch passabel aus. Doch etwas Besonderes konnte Rita Marholz an Anette nicht entdecken.

Sie schaute sich verstohlen im Zimmer um. Hier hatte ihr Junge also gewohnt. Das war bestimmt nicht sein Geschmack. Was war das überhaupt für ein Geschmack?

Nichts passte zusammen. Noch nicht einmal ein richtiges Sofa leistete sie sich. Nein, Jürgen hätte … Ja, was hätte er denn? Rita Marholz musste zugeben, dass sie nicht wusste, was Jürgen *hätte*. Weder was ihr Sohn für einen Einrichtungsgeschmack hatte, noch was er all die Jahre in Berlin gemacht hatte, noch warum er wieder zurückgekommen war. Und vor allen Dingen nicht, was ihn bewogen hatte, zu dieser Frau zu ziehen. Das Wort Zusammenleben wollte Jürgens Mutter nicht einmal denken.

Insgeheim hoffte sie, Anette würde ihr mitteilen, dass es eine Zweckgemeinschaft gewesen war und dass sie lediglich zusammengewohnt haben, um Mietkosten zu sparen, die nach der Wende ja bekanntlich astro-nomisch in die Höhe geschossen waren. Doch Rita Marholz wusste, dass sie darauf nicht hoffen durfte, denn Jürgen hatte vorher bei ihr gewohnt, wo er keine Miete zahlen musste.

Ein paar Tage hatte sie mit sich gerungen, ob sie Anette um dieses Gespräch bitten solle. So richtig unruhig wurde sie erst, als gestern der Kommissar bei ihr gewesen war, um ihr den aktuellen Stand der Untersuchung mitzuteilen. Jürgen war zwar ein Mann schneller Entschlüsse, wozu ein Wechsel des Wohn-ortes immer gehörte, aber jetzt schien auch die Polizei ein Verbrechen in Betracht zu ziehen. Vorher konnte Rita Marholz sich noch sagen, dass er wieder auf Achse war. Besonders Beate, ihre Jüngste, führte das an: Man würde Jürgen ja kennen.

Nein, sie kannte ihn eben doch nicht. Und nun saß sie hier. Verzweifelt knetete sie das Papiertaschentuch, in welches sie eher aus Verlegenheit denn aus

Notwendigkeit geschnäuzt hatte.

„Also Frau Enge…“, Anette stockte, „Frau Marholz. Unsere Trennung hatte eine hässliche Seite. Doch darüber will ich nicht mit Ihnen sprechen. Ich denke, Sie wissen, dass dazu immer zwei gehören. Ich will damit sagen, dass auch ich nicht ganz unschuldig daran bin, dass die Sache etwas eskalierte.“

„Also war doch etwas!“

Anette merkte, dass sie das falsche Wort gewählt hatte. Eigentlich war nichts eskaliert, sieht man einmal von dem demolierten Auto ab. Aber da sah sie sich selbst wegen der Sache mit der Katze als Auslösende an und entschuldigte Jürgens Verhalten insgeheim. Außer der Tatsache, dass Jürgen den Auszug so lange vor sich hingeschoben hatte, war nichts Auffälliges zu verzeichnen.

Bis zu dem Gespräch mit Jansen hatte sie angenommen, dass Jürgen wieder in sein altes Zimmer bei seiner Mutter gezogen war. Aber eigentlich hätte sie es sich denken können. Er wäre ums Verrecken nicht zurückgegangen. Seine Mutter hatte sein Verhältnis mit ihr nie gutgeheißen. Und dann zurückkommen und womöglich auch noch ihren Bemerkungen über den Bruch der Beziehung ausgesetzt zu sein? Das lag vollkommen außerhalb jeglicher Vorstellung, die zu Jürgens Charakter gepasst hätte. Nein, ein Jürgen Engeler kommt nicht zerknirscht zurück in Mamas Schoß.

„Was ist mit seinen Geschwistern? Wissen die, wo er sein könnte?“

„Na, da habe ich doch zuerst gefragt!“, entrüstete sich

Rita Marholz.

„Und seine Arbeitskollegen oder die Sportfreunde?", versuchte Anette weiter.

„Nein, keiner hat ihn nach Mitte Juli gesehen."

„Kann er bei anderen Freunden sein? Bei den anderen Expeditionsteilnehmern, bei früheren Schul-freunden vielleicht?"

„Ich weiß nur von Kirstin und Knut Pohl, dass er da nicht ist."

„Ja, aber fragen Sie dort noch einmal nach. Wer weiß, möglicherweise haben die etwas Neues erfahren."

Anette gab diesen Tipp mehr aus Not denn aus wirklicher Überzeugung. Sie wollte Jürgens Mutter loswerden. Die Verzweiflung dieser Frau kam ihr nur zu bekannt vor. Das hatte sie selbst lange genug mitgemacht. Das wollte sie nicht mehr. Nicht wieder ein Aufflackern dieser Erinnerungen, nicht jetzt, nachdem sie das alles überwunden hatte.

Kirstin mauert, und Knut denkt zurück

Jürgens Mutter hatte Anettes Ratschlag befolgt und war hinaus zu den Pohls geradelt. Von dem Besuch überrumpelt hatte Kirstin versucht der verzweifelten Frau, soweit sie konnte, zu helfen. Die Hilfe, die sich Rita Marholz erhofft hatte, erfüllte sich allerdings nicht. Wie Anette hatte auch Kirstin nur den Ratschlag, bei den Freunden aus dem Verein und den Arbeitskollegen nachzufragen. Immer wieder insistierte Jürgens Mutter, dass sie mehr wissen müsse, ihr Junge wäre doch so oft bei den Pohls gewesen. Erst als Knut sich zu den beiden Frauen setzte, lockerte sich die Atmosphäre etwas auf. Kurz danach verabschiedete sich Jürgens Mutter und radelte zurück, ohne großen Trost erfahren zu haben.

Knut unterbrach die Stille, die nach dem Weggang von Rita Marholz zwischen ihm und seiner Frau entstanden war.

„Sag mal, sollte ich nicht davon anfangen? Du hast mir doch selbst gesagt, dass du ihn getroffen hast."

„Wie? Was"? Kirstin schreckte hoch. Aber Knut kannte seine Frau zu gut. Sie spielte ihm was vor.

„Na, dass du Jürgen im Juli getroffen hast? Du warst im Gespräch vorhin bei diesem Punkt so kurz angebunden – wie schon bei den Kommissaren", ergänzt er.

„Nein! Ja! Also, ich hatte es einfach vergessen, und

dann war es mir peinlich."

„Scheint mittlerweile eine Seuche zu sein."

„Was?"

„Das Vergessen. Als die Kommissare hier waren, ist es dir auch später erst eingefallen, und Annette hat der Polizei ebenfalls ein Treffen verschwiegen, dass hast du mir selbst gesagt."

„Mach mal halblang. Wir haben nichts verschwie-gen. Wir haben es vergessen."

„Dann sag mir doch die Wahrheit. Was war wirklich los?"

„Nichts war los. Ich habe ihn getroffen. Er kam gerade aus der Post. Ich habe …"

„… Guten Tag gesagt, und dann seid ihr freundschaftlich auseinandergegangen?" Knut wurde ärgerlich. „Erzähl mir doch keine Märchen, Kirstin. Wir sind so viele Jahre verheiratet und noch länger zusammen. Ich merke doch, wenn irgendetwas nicht stimmt mit dir. Und etwas stimmt nicht! – Wenn ich es recht betrachte, auch nicht erst seitdem Jürgen verschwunden ist. Mensch, sag mir, was los ist! Wie soll ich dir sonst helfen?"

Im gleichen Augenblick hätte er sich auf die Zunge beißen können. Falsch, dachte er, als er in Kirstins Gesicht sah. Idiot! Ganz falsch. Warum konntest du dich nicht zurückhalten? Helfen war bei Klein-Kirstin angesagt, nicht bei der Mutter seiner Kinder. Nicht bei ihr.

Soweit waren sie also. Ihr traumwandlerischer Umgang miteinander war offenkundig dahin. Wenn es noch einer Bestätigung bedurft hätte, hier hatte er sie. Und er war ihr mit einem väterlichen Geschwafel gekommen.

„Entschuldige", bat er, „so wollte ich eigentlich nicht anfangen."

„Lass uns ein andermal darüber sprechen, ja? Ich kann jetzt nicht", entgegnete sie müde.

Ja, dachte er verbittert: Immer ein andermal.

„Bitte!" Er machte noch einen Versuch, „So geht es nicht weiter. Ist es doch die alte Geschichte? Ich weiß, ich habe damals einen Riesenfehler gemacht. Und wenn ich heute noch irgendetwas tun kann, damit du mir wieder vertraust, dann sag mir das. Glaube mir, ich möchte, dass es wieder so wird wie vorher. Nur, sprich mit mir."

Doch Kirstin schüttelte den Kopf. „Ich mache jetzt das Abendbrot. Schau du mal, wo die Mädchen sind, und frage nach, ob sie ihre Hausaufgaben gemacht haben", sagte sie und verließ das Zimmer.

Zurückgeblieben schaute Knut aus dem Fenster auf die Hunde, die im Hof herumtollten. Seine Gedanken schweiften zurück.

Für ihn stand spätestens an seinem zwölften Geburtstag fest, dass er und Kirstin ihr Leben lang verbunden sein werden. Eine etwas abwegige Feststellung für einen Zwölfjährigen. Doch an dem Tag hatte er Kirstin vor dem sicheren Tod gerettet – so seine damalige Auffassung von dem Geschehen, das von anderen Beteiligten allerdings nicht ganz so dramatisch gesehen wurden.

Alle, die ihn und die damalige Geschichte kannten, wussten, dass er ihr Beschützer ist und diese Aufgabe sein Leben lang wahrnehmen würde. Die vierjährige Kirstin hatte sich ihm damals ohne Zögern anvertraut und war fest davon überzeugt, dass er sie zu ihrer Mutti bringen würde, was ihm nach etlichen Nachfragen auch gelang.

Ende der Sechzigerjahre, hatte es Kirstins Mutter als junge Witwe mit ihrer Tochter in die kleine Stadt am Meer verschlagen. Als Ingenieurin fand sie dort auf der Werft Arbeit. Für Kirstin allerdings brach eine Welt zusammen. Mutter und Tochter waren nie getrennt gewesen, doch nun sollte die Kleine den ganzen Tag in der Kita verbringen, wo sie keinen kannte. Trotz aller Beteuerungen der Mutter, sie würde sich schon bald an die neue Umgebung gewöhnen, hatte Kirstin sich auch nach einer Woche nicht eingelebt.

Am Tag darauf beschloss sie, nicht mehr länger bei der blöden Tante und den frechen Kindern zu bleiben und machte sich auf die Suche nach ihrer Mutter. Fast eine halbe Stunde war sie herumgeirrt, als Knut sie entdeckte.

In späteren Erzählungen beteuerte Knut immer wieder, dass er sie vor einem ankommenden Güterzug gerettet habe, dessen Schienen damals ohne Absperrung entlang der Hafenstraße führten. Obwohl etliche Menschen in der Nähe waren, bemerkte er scheinbar als einziger, dass das Kind am Rand der Verzweiflung war. Zwanzig Schritte vor ihm war die Kleine die Straße entlanggelaufen, hatte immer wieder Halt gemacht und um sich geschaut. Erst auf gleicher Höhe hatte er ihr verhaltenes Schluchzen und das leise Jammern nach der

Mutti gehört.

Einer unbestimmten Eingebung folgend blieb er stehen, hockte sich vor dem Mädchen hin und versuchte, ihr Name und Adresse zu entlocken. Das öffnete bei Kirstin alle Schleusen. Dicke Tränen der Erleichterung kullerten über ihre Wangen. Sie heulte Rotz und Wasser und brachte keinen zusammen-hängenden Satz heraus. Knut kramte nach seinem Taschentuch, musste aber feststellen, dass Kirstin nicht wusste, was sie damit machen sollte. Verlegen übernahm er diese Aufgabe und hielt ihr das Tuch an die Nase. Mit aller Kraft blies die Kleine hinein und schaute dann dankbar zu ihm auf.

Auf einmal schlang sie ihre Arme um seinen Hals und gab ihm einen zaghaften Kuss auf die Wange, dann nahm sie seine Hand und sagte: „Du bist mein Freund! Und jetzt gehen wir zu meiner Mutti.“

Im Kommissariat

Das Präsidium der Landespolizei, das zusammen mit der Polizeistation der Landeshauptstadt in einem verwinkelten Gebäudekomplex untergebracht war, befand sich in Schwerin in der Niklotstraße mit einem exklusiven Blick auf das Schloss.

Wenn Anette in diesem Teil der Stadt zu tun hatte, nahm sie den östlichen Weg um die Altstadt herum. In den Ferienmonaten waren die Straßen hier in Schlossnähe voller Touristen, und Parkplätze waren Mangelware. Doch glücklicherweise fand sie gleich eine Lücke in einer der Seitenstraßen. Bis zur Wache hatte sie nur gute drei Minuten zu laufen.

Heute Morgen hatte Kommissar Jansen sie angerufen und um ein weiteres Gespräch gebeten. Ob sie um halb drei im Kommissariat sein könne? Es sei zwar etwas kurzfristig, doch er habe noch einige Fragen und könne wegen anderer Termine nicht zu ihr kommen.

Obwohl sie sich ohne Weiteres einen halben Tag freinehmen konnte, hatte sie nur zögernd eingewilligt. Was konnte der Kommissar noch wollen?

„Zweite Etage, Treppe oder über den Paternoster. Oben rechte Hand durch den Gang, dann links", bekam Anette die Auskunft auf ihrer Frage nach dem Weg.

Der Beamte hinter dem Schalter im Foyer des Präsidiums schaute kaum von seinem Kreuzworträtsel hoch, während er mit ihr sprach. Anette hatte schon eine passende Bemerkung auf den Lippen, als eine bekannte Stimme hinter ihr sie begrüßte:

„Hallo Frau Caldrien! Schön, dass Sie da sind. Kommen Sie, ich nehme Sie gleich mit in mein Büro."

Kommissar Jansen machte eine einladende Geste und führte sie zu dem gegenüberliegenden Aufzug.

Den Trenchcoat hatte er heute salopp über die Schultern gelegt. Sieht doch gleich westlicher aus, ging es Anette durch den Kopf, steht ihm nicht schlecht. Die feinen Falten in den Augenwinkeln und das Grübchen im rechten Mundwinkel legten eine Ironie in Jansens Gesicht, die ihr bei ihrer ersten Begegnung gar nicht aufgefallen war. Und sein frischer Teint zeugte von viel Bewegung draußen. Wie alt mochte er wohl sein? War er verheiratet? Anette versuchte, einen Blick auf seine rechte Hand zu werfen, schalt sich dann aber eine männergeile, aufgetakelte, alte Wessitussi, die's nötig habe. Jürgen hätte seine helle Freude gehabt.

Nach einigen Treppen und Fluren, sie waren schon längst nicht mehr in dem straßenseitigen Gebäude, machte Jansen eine Tür auf und ließ sie eintreten. Sie befanden sich in einem Vorraum zu einem weiteren Zimmer: einem Büroraum, typisch ausgestattet mit zwei gegeneinandergestellten Schreibtischen an der Fensterseite und Aktenregalen an der Wand gegenüber.

„So, da wären wir", sagte Jansen. „Meinen Assistenten kennen Sie noch nicht", er wies auf Borchardt

Während dieser sich erhob, um Anette zu begrüßen, schob Jansen ihr einen Stuhl neben seinen Schreibtisch hin. Sie nahm Platz, fühlte sich aber recht unbehaglich, als sie merkte, dass sie Borchardt im Rücken hatte.

„Frau Caldrien", begann Jansen das Gespräch, „dies ist lediglich eine Zeugenbefragung. Sie stehen hier nicht vor Gericht. Trotzdem sollten sie uns die Wahrheit sagen." Diese Einleitung sollte Annette signalisieren, in welche Richtung er das Gespräch lenken wollte.

„Es haben sich die Anzeichen verdichtet, dass Jürgen Engeler etwas zugestoßen sein könnte. Deshalb bitte ich Sie, unsere Frage möglichst genau zu beantworten."

Anette nickte zum Zeichen, dass sie verstanden hatte.

„Sie sagten mir, dass Sie Jürgen Engeler das letzte Mal auf der Geburtstagsfeier ihrer Freundin gesehen haben?"

„Nein, so ganz stimmt das nicht", erwiderte Anette, froh, ihre Flunkerei, wie sie es bei sich nannte, zu korrigieren. „Mitte Juni war er noch einmal da und hatte seine Sachen abgeholt."

„Das deckt sich auch mit unseren Ermittlungen", sagte Jansen zufrieden. „Wir haben festgestellt, dass zu diesem Zeitpunkt Ihr Auto demoliert wurde. Wir vermuten einen Zusammenhang mit dem Treffen zwischen Ihnen und Jürgen Engeler. Was ist denn passiert?"

„Haben Sie sich schon einmal von einem Partner getrennt?", war Anettes Gegenfrage. „Wenn nicht, dann muss ich Ihnen sagen, dass solche Trennungen nicht immer für beide Parteien zufriedenstellend ablaufen. Es ist oft so, dass sich der eine Teil innerlich längst entfernt hat, und der äußerliche Vollzug nur eine Frage der Zeit ist. Das kommt dann für den anderen Teil natürlich unerwartet, und dementsprechend ist seine Frustration auch groß. Ich muss zugeben, dass ich in diesem Fall der frustauslösende Teil war. Jürgen war quasi von mir überrascht worden. Ich will aus der Beschädigung des Wagens keine große Staatsaktion machen, zumal ich weiß, dass er nicht die finanziellen Mittel hat, den Schaden zu reparieren. Das Auto hat auch schon seine Jahre auf dem Buckel. Ich möchte es dabei belassen. Es sind keine wichtigen Teile beschädigt worden, und ein neues Auto wird dann eben etwas eher fällig."

Anette hatte sich direkt Jansen zugewandt. Bei den letzten Worten aber drehte sie sich zu Borchardt um, hob ihre Hände, die bisher verschränkt auf ihren Schoß lagen, zuckte leicht mit den Schultern und versuchte ein offenes Lächeln rüberzubringen, welches hingegen zu einem gequälten Grinsen verkam.

Jansen und Borchardt hatten sich diese ausführlichen Erklärungen aufmerksam angehört. Borchardt ergriff danach das Wort.

„Wir haben auch mit Kirstin Pohl gesprochen. Sie sagte uns, dass Sie Herrn Engeler schon vor ein paar Monaten gebeten haben, er möge ausziehen. So unerwartet kam die Trennung dann wohl nicht. Wodurch hat sich also seine Frustration, wie sie so schön sagen, denn nun wirklich aufgebaut? Den Wagen hatte er ja erst gut sechs Wochen später demoliert und nicht am Tag des Auszugs."

„Tja, das weiß ich nicht." Anette hatte nicht die Absicht, den beiden Männern die ganze Geschichte zu erzählen. „Vermutlich ist ihm etwas über die Leber gelaufen. Vielleicht hatte sein Klub verloren, oder die Firma in Rostock hatte abgesagt. Das können Sie doch herausfinden."

„War es vielleicht so, dass sie Streit bekommen hatten? So schön ist ein Rausschmiss nicht. Ist es vielleicht richtiger, dass jetzt schnell eine Trennung folgen musste, weil Sie jemand anderes kennengelernt haben? Jemand, der eimerweise Rosen verschenkt?"

Jansen versuchte sie aus der Reserve zu locken, da er merkte, dass sie Oberwasser bekam. Wie vor ein paar Tagen, als er ihr gegenübersaß und sie diese überhebliche Art an den Tag legte.

„Wenn das stimmt, dass Sie schon lange Trennungsabsichten hegten, warum kam es erst jetzt zur Trennung?"

„Na, aus nur einem Grund. Ich wollte vermeiden, dass es mit Stress und Ärger abläuft. Was ist daran so schwierig zu verstehen?", antwortete Anette gereizt.

Jansen merkte, dass er sie beim Wickel hatte. Borchardt auch. Und so kam die nächste Frage aus seiner Richtung.

„Was ist eigentlich mit der Katze passiert?"

„Wie?"

„Na, die Katze, die mit Herrn Engeler in Ihre Wohnung gezogen war. Ich habe sie nicht gesehen, als ich letzte Woche bei Ihnen war", bellte Jansen aus seiner Ecke.

„Oder hat Herr Engeler sie mitgenommen?", fragte Borchardt.

„Dann müsste sie ja irgendwo auf dem Campingplatz herumlaufen", beantwortete Jansen Borchardts Frage.

„Doch Herr Conradi, der Campingplatzbesitzer, weiß nichts davon", setzte sein Assistent den Dialog fort.

„Und Frau Marholz, die Mutter, auch nicht", ergänzte Jansen.

„Und wenn mich nicht alles täuscht, seine Geschwister ebenso wenig", stellte Borchardt fest.

Wie ein Sperrfeuer kamen die Sätze mal von rechts, mal von links und wirbelten Anette nur so um die Ohren. Sie sackte merklich zusammen.

Jansen und Borchardt hatten ihre Vernehmungsstrategie vorher durchgesprochen. Auf die Katze, richtiger, auf die nicht vorhandene Katze, hatte sie Jürgens Mutter gebracht. Sie habe Jürgen immer wieder fragen wollen, wo das Tier geblieben sei, hatte sie beim letzten Besuch von Jansen gesagt, es aber immer wieder vergessen.

Die Befragung hatte Anette verunsichert und gab Jansen und Borchardt Recht, mit diesem Thema fortzufahren. Borchardt war allerdings etwas enttäuscht, als er erfuhr, dass die Katze einfach einen neuen Besitzer gefunden hatte. Er hatte gehofft, hierüber ein mögliches Motiv für Engelers Verschwinden zu erhalten. Wie es jetzt allerdings ausschaute, hatte Jürgen Engeler den Schaden und hätte seinerseits ein Motiv. Oder war es doch noch zu einer weiteren Auseinandersetzung zwischen Engeler und seiner Ehemaligen gekommen?

Jansen zeigte sich nach Anettes Geständnis abgeklärter. „So", setzte an. „Sie haben also einfach fremdes Eigentum verschenkt."

Mit dieser Äußerung, sagte sich Anette, traf der

Kommissar genau den Punkt. Nicht Notwehr, wie sie es gerne gesehen hätte, sondern reine Nickeligkeit hatte sie veranlasst, das Tier wegzugeben. Wie Kirstin schon sagte: Es bestand die Möglichkeit, die Katze zur Mutter zu bringen. Es half nichts, hier machte sie keine gute Figur. Moralisch und menschlich war ihr Verhalten angreifbar.

„Na ja", setzte Jansen lakonisch fort. „Herr Engeler hat sich dann ja auch gleich revanchiert. Wir können also festhalten, dass Sie Herrn Engeler Mitte Juni das letzte Mal gesehen haben, dass er an diesem Tag seine restlichen Sachen bei Ihnen abgeholt hat, erfahren musste, dass seine Katze nicht mehr da war, und dass er aus Ärger darüber Ihr Auto demoliert hat. Sie haben ihn an diesem Tag nicht gefragt, wo er nun wohnt, oder?"

„Warum sollte ich?", war Anettes Gegenfrage. „Es bestand kein Anlass dazu."

Nach ein paar belanglosen Fragen zum restlichen Ablauf des Tages war Anette von Jansen verabschiedet worden. Borchardt war enttäuscht.

„Warum haben wir sie nicht weiter in die Mangel genommen?"

„Bei der Frage, ob sie wisse, wo Jürgen jetzt sei, hatte sie wieder ihre alte Sicherheit. Sie hat wahrheitsgetreu geantwortet, oder ich kann mich nicht mehr auf meine Erfahrungen verlassen."

Jansen nahm sich aus der Schale vor ihm auf dem Tisch ein Bonbon und wickelte es langsam aus dem Papier. Bis vor drei Jahren war er ein starker Raucher. Doch nachdem er hautnah miterleben musste, wie sein Vater elendig an Kehlkopfkrebs gestorben war, hatte er aufgehört. Ab und zu überkam ihm wieder die Lust auf eine Zigarette. Das Bedürfnis danach versuchte er dann mit einem Bonbon zu unterdrücken.

„Du wirst auch noch lernen, solche Eindrücke aufzunehmen und zu bewerten", sagte er zu Borchert und steckte sich den Drops in den Mund. „Allerdings, Gefühle sind keine Beweise, denk daran."

„Nun, dann wäre also Kirstin Pohl die nächste Kandidatin", stellte Borchardt fest. In seiner Stimme schwang eine leichte Enttäuschung mit.

„Nach unserem jetzigen Stand war sie die letzte, die Jürgen Engeler gesehen hatte."

„Es ist sicher gut zu wissen, wer in den Wochen ab dem Herrentag auf dem Campingplatz war. Von Conradi habe ich schon einmal eine Liste der Angestellten und der damaligen Besucher angefordert."

„Gut gemacht", lobte Jansen. „Wird ´ne Menge Arbeit auf uns zukommen, all die Leute zu befragen. Ich werde mal Verstärkung anfordern."

Ein Rückblick – 1989

Nicht nur durch die Geburt ihrer Töchter trat für die Pohls im Jahr neunundachtzig eine Veränderung ein. Auch die politischen Ereignisse, die von der Bevölkerung auf beiden Seiten der Mauer mit nie nachlassendem Interesse verfolgt wurden, sollte für alle zum Umbruch der gewohnten Verhältnisse führen.

Die gefälschte Kommunalwahl im Mai war der erste Vorbote. Zaghafte Kritiken darüber hörten die Pohls auch in ihrem Bekanntenkreis. Was regen sich die Leute auf, dachte Knut. Dass bei uns die Wahlen manipuliert werden, ist doch ein offenes Geheimnis. Nur stramme Parteimitglieder halten das für eine imperialistische Propaganda. Wahlen, bei denen die Kreuze offen vor allen Anwesenden gemacht werden, sind nicht als geheim zu bezeichnen. Auch wenn die da oben es immer behaupten.

Aber es waren nicht nur die Wahlen. Es gärte überall. Eigentlich begann es mit Gorbatschow und seiner Glasnost und der Perestroika. Auch in Ungarn setzte ein zaghaftes Umdenken ein. Das höchste Gericht dort rehabilitierte Imre Nagy, den Führer des Volksaufstandes von 1956. Der erste Runde Tisch setzte sich in Polen zusammen, und hunderte Bürger der Deutschen Demokratischen Republik nutzten in Ungarn die Gelegenheit, ausgelöst durch ein sogenanntes paneuropäisches Picknick, die Grenze nach Österreich zu überschreiten, um gleich in die Bundesrepublik Deutschland weiterzureisen. Die west-deutschen

Botschaften in Budapest, Warschau, Ostberlin und besonders in Prag wurden von Ausreise-willigen geradezu überrollt. In der DDR gründeten sich allerorts Oppositionsgruppen und montags gab es, erst in Leipzig dann in anderen Städten, Demonstrationen. Es war eine Zeit der Euphorie, der Spannung, der Hoffnung, aber auch der Ängste.

Knut hatte sich nie politisch betätigt. Obwohl in einem antifaschistischen Elternhaus aufgewachsen, war seine Erziehung nicht sonderlich ideologisch geprägt. Das hing wohl damit zusammen, dass seine Eltern einem humanistischen religiösen Ideal anhingen, welches einer strengen parteipolitischen Ausrichtung widersprach. Möglicherweise war das der Grund, weshalb er nicht zum Studium zugelassen wurde und sein Wunsch, Geologe zu werden, nicht wahr werden konnte. Im Großen und Ganzen hielt Knut Abstand zu seinem Kollektiv und erfüllte lediglich die An-forderungen, die nicht zu umgehen waren. Doch letztendlich passte er sich den Lebensumständen in der DDR an. Seine „Konterrevolution" beschränkte sich auf mehr oder weniger sarkastische Äußerungen über Probleme des Alltags, die er witzig fand. Er selbst wäre allerdings nie auf den Gedanken gekommen, politische Veränderungen aktiv anzustreben.

Doch zum Ende des Sommers 89 hatte auch er begriffen, dass in seinem Land und in den anderen Ostblockstaaten etwas Weltbewegendes ablief. Er selbst hoffte auf bessere Lebensverhältnisse, und vielleicht konnten jetzt ein paar Reformen durchgesetzt werden.

Zeugin Hellweg wird befragt

Bis um sieben Uhr am Abend hatte Jansen in seinem Büro liegengebliebene Sachen aufgearbeitet. Den Schreibkram erledigte er erst, wenn er sich nicht mehr aufschieben ließ. Aber auch dann machte er sich nur unwillig an die Arbeit. Jetzt kreisten seine Gedanken immer wieder um den Fall Engeler.

Die Spurensicherung hatte in der Datsche auf dem Campingplatz außer verschiedenen Fingerabdrücke keine Auffälligkeiten gefunden. Die meisten Spuren stammten natürlich von Jürgen Engeler. Doch es gab auch Abdrücke einer weiteren Person. Diese waren so deutlich, dass es sich nicht um Reste vorheriger Bewohner der Datsche handeln konnte. Vielmehr mussten sie von einer Person stammen, die anscheinend zur gleichen Zeit wie Jürgen dort gewesen war. Conradi sagte aus, dass er nicht mitbekommen habe, ob Jürgen Besuch erhalten hatte. Aber das bedeute nichts, da er seine Gäste und natürlich auch Jürgen nicht kontrollieren würde, wie er dem Kommissar gegenüber ausdrücklich betonte.

Jansens Gedanken schweiften weiter. Wo konnte er ansetzen? Kirstin Pohl hatte Engeler angeblich Anfang Juli getroffen, Conradi ebenfalls. Die Vertragsunterzeichnung in Rostock, zu der Engeler nicht erschienen war, fand am 26. Juli statt. Was war in der Zwischenzeit geschehen?

„Es ist schon zu viel Zeit vertan worden", sagte er laut.

„Jetzt muss gehandelt werden. Ich werde eine Suchmeldung rausgeben."

Gleich am nächsten Tag sendete der NDR in seinem Abendmagazin das Bild des Vermissten mit einer ausführlichen Erläuterung und der eingeblendeten Telefonnummer des zuständigen Kommissariats. Noch am gleichen Abend riefen die ersten Zuschauer an. Jürgen schien überall gewesen zu sein. Sogar aus Greifswald meldete sich eine zittrige alte Frauen-stimme, die sehr bestimmt erklärte, mit Jürgen Engeler gestern noch gesprochen zu haben.

„Bitte entschuldigen Sie", hörte der wachhabende Polizist, der die Anrufe entgegennahm und versucht hatte, der alten Dame am Telefon genauere Angaben zu entlocken, – jetzt war eine Männerstimme am Apparat. „Meine Großmutter hat Ihre Nummer wohl aus der Fernsehnachricht. Sie ruft seit einiger Zeit ständig bei solchen Meldungen an. Oft kann ich das rechtzeitig verhindern, aber immer bin ich auch nicht da. Ich muss um Nachsicht bitten, sie ist dreiundneunzig."

Unter allen eingegangenen Meldungen konnte Borchardt am nächsten Morgen nur zwei brauchbare herausfiltern. Diese Anrufer hatten Jürgen Engeler später als Pohl und Conradi gesehen.

„Ein Anruf kam von einem gewissen Wohl-schläger", unterrichtete Borchardt Jansen, als der mit einiger Verspätung das Büro betrat. „Er hatte mit Frau und Kindern im Juli vierzehn Tage neben Engeler die Datsche gemietet. Auf Conradis Liste ist er drauf, die Kollegen hatten ihn aber noch nicht befragt, weil sie erst bei Buchstabe P sind. Wohlschläger hat dem Kollegen am Telefon gesagt, dass er Engeler am letzten Ferientag, am fünfzehnten Juli, gesehen habe und zwar in Begleitung einer Frau."

„Gut, wir prüfen das später."

„Ein weiterer Anruf kam von einer Frau Hellweg. Sie war am achtzehnten Juli nachmittags in der Stadt in einem Café und meint, Engeler gesehen zu haben. Er war nicht allein. Auch Frau Hellweg hatte ihn mit einer Frau sprechen sehen."

„Kirstin Pohl", warf Jansen ein.

„Kirstin Pohl? Wie kommen Sie darauf?" Borchardt war überrascht, denn er hatte auf Anette Caldrien getippt.

„Intuition, reine Intuition. Und so groß ist die Auswahl ja nicht, oder?" Jansen erhob sich, nahm seinen Trenchcoat von der Garderobe und wandte sich an Borchardt: „Komm, mein junger Freund, wir besuchen Frau Hellweg. Das müssen wir genauer wissen."

„Wissen Sie, ich genehmige mir immer einen Kaffee im Café Lizzy, wenn ich in der Stadt bin und meine Besorgungen erledigt habe. Es hängen so viele alte Erinnerungen daran. Denn dort haben mein Mann und ich uns kennengelernt. Ich sitze immer am gleichen Tisch, wissen Sie. Es ist dort noch so wie es immer war, noch nicht modernisiert wie in dem Café in der Krämerstraße. Man nimmt uns immer mehr Erinnerungen weg, wenn sie alles machen wie im Westen. Es ist ganz schön schwer, jetzt, wissen Sie."

Wissen Sie war anscheinend das Lieblingswort von Frau Hellweg. Frau Hellweg wohnte am Friedenshof, einer Plattenbausiedlung am südlichen Rand der Stadt in der Friedrich-Wolf-Straße. „Übrigens der Vater des berühmt berüchtigten Markus Wolf, der den Auslandsnachrichtendienst der DDR leitete", wie Jansen Borchardt erklärt hatte, als sie vorhin in die Straße eingebogen waren.

Seit gut einer Viertelstunde saßen die Kommissaren im Wohnzimmer von Frau Hellweg und befragten sie zu dem Tag, an dem sie Jürgen Engeler gesehen haben wollte. Die gute Frau kam immer wieder vom Kern des Gespräches ab.

„Können wir noch einmal auf den Nachmittag zurückkommen?", war der zaghafte Versuch Borchardts, die Besprechung wieder in die gewünschte Bahn zu lenken.

Bisher hatten die Kommissare lediglich heraus-finden können, was Frau Hellweg an jenem Nachmittag eingekauft und dass sie einen Termin in der Poliklinik in der Bahnhofstraße hatte. Deshalb könne sie sich auch an das Datum erinnern, wie Frau Hellweg nebenbei bemerkte.

„Ist es richtig, dass Sie Jürgen Engeler mit einer Frau gesehen haben?", hob Jansen an, bevor Frau Hellweg wieder in alte Erinnerungen abwandern konnte.

„Ach, natürlich." Die alte Dame schüttelte den Kopf. „Sie müssen mich zur Ordnung rufen. Wissen Sie, ich bin immer so weitschweifig. Meine Tochter meint, ich fange immer beim Urknall an, weiß der Himm ..."

„Frau Hellweg!"

Frau Hellweg war fast achtzig Jahre alt und für ihr Alter noch recht gut beisammen. Sie war eine der netten alten Damen, die einem sofort sympathisch sind – es sei denn, man erwartet schnell eine konkrete Angabe.

„Die Frau war zuerst da", fuhr Frau Hellweg mit einem entschuldigen Blick zu Jansen fort. „Sie saß am Fenster. Das ist eigentlich mein Tisch, weshalb ich hinten im Raum Platz nehmen musste. Es ist natürlich nicht mein Tisch, wissen Sie. Ich sage es nur so, weil ich dort immer sitze, weil mein Mann und ich uns dort kennengelernt haben."

„Ach", verbesserte sie sich, „das habe ich schon gesagt, oder? Also, ich sehe auch gerne hinaus, um mir die Leute anzuschauen, die auf der Straße vorbeigehen. Eventuell sieht man ja einen alten Bekannten oder sonst etwas, wissen Sie. Es ist auf jeden Fall kurzweiliger."

„Ich", fuhr sie geschäftig fort, als sie Jansens resignierten Blick wahrnahm, „sah jedenfalls immer in Richtung Fenster, das heißt auch in ihre Richtung. Wissen Sie, sie war nämlich ausgesprochen attraktiv, eine echte Schönheit, und deshalb habe ich sie auch weiter beobachtet, als sich ein Mann zu ihr gesellte, der so überhaupt nicht zu ihr passen wollte. Das war nämlich ein vierschrötiger Kerl."

Jansen schmunzelte. Er vermutete, dass Frau Hellweg Engeler gesehen hatte. Ihn aber als vierschrötigen Kerl zu bezeichnen, war nun doch übertrieben. Er hatte zwar markante Gesichtszüge, für die alte Dame schien Engeler aber eine plumpe, klobige Gestalt zu haben.

Jansen zeigte ihr ein Foto von Engeler. „Könnte es dieser Mann gewesen sein?"

„Ja, ja! Das ist er. Kein Zweifel." Sie nickte so heftig, dass ihr eine Haarsträhne ins Gesicht fiel.

„Wie lange haben Sie die beiden beobachten können?", griff nun Borchert in das Gespräch ein.

„Solange sie dasaßen. Wissen Sie, der nahm sofort ihre Hand und hat sie die ganze Zeit nicht losgelassen. Ihr war das anscheinend etwas unangenehm, möglicherweise wegen der Leute."

„Und wie lange dauerte das?"

„Hm, so eine halbe Stunde haben die dort schon gesessen. Ich war länger da, weil ich meinen Bus verpasst hatte. Wissen Sie, die beiden haben mich so interessiert, dass ich gar nicht mehr auf die Zeit geachtet hatte. Und als sie dann aufstanden, war mein Bus weg. Und was die beiden gesprochen haben, habe ich leider nicht verstanden. Obwohl ich es zu gerne gewusst hätte, wissen Sie", setzte sie hinzu. Auf ihrem Gesicht machte sich ein verschmitztes Lächeln breit.

Unwillkürlich mussten Jansen und Borchardt ebenfalls grinsen – die alte Dame hatte so gar nichts von einer neugierigen Schachtel, weshalb ihre Offenheit geradezu entwaffnend war.

„Können Sie uns die Frau näher beschreiben?"

„Das sie außergewöhnlich hübsch war, hatte ich schon gesagt, oder? Sie war so um die vierzig, eher klein. Ich bin nicht so gut, wenn ich Größen abschätzen soll, wissen Sie. Dieser Kerl überragte sie jedenfalls um einen Kopf. Ihre Haare hatten einen warmen blonden Ton, und sie war dezent geschminkt. Was sie anhatte, kann ich nicht mehr genau sagen. Es passte aber zu ihrem

Auftreten."

„Meine liebe Frau Hellweg", Jansen erhob sich und knöpfte sein Jackett zu. „Sie haben uns ein ganzes Stück weitergebracht mit ihren Beobachtungen."

Jansen und Borchardt waren schon im Treppenhaus, als Frau Hellweg sie zurückrief.

„Halt! Ich habe noch was wichtiges vergessen", rief sie die Kommissaren aufgeregt zurück. „Durch das Fenster ist mir ein Mann draußen auf der gegen-überliegenden Straßenseite aufgefallen. Das Pärchen hatte nicht auf ihn geachtet. Die waren zu sehr mit sich selbst beschäftigt, wissen Sie. Aber mir schien es, als wenn der da draußen die beiden beobachtete. Er stand die ganze Zeit halb verdeckt hinter einem Torpfosten. Und als die beiden aufstanden und das Café verließen, meinte ich, dass er hinter ihnen herging. Er war auf jeden Fall nicht mehr da, als ich das Café verlassen habe."

„Frau Hellweg, Sie sind eine wunderbare Zeugin!"

Jetzt verzieh Jansen Frau Hellweg auch ihre ausschweifenden Erzählungen.

„Mein Kollege wird noch einmal kommen und Ihnen ein Foto zeigen. Vielleicht erkennen Sie ja den Mann."

Noch einmal 1989

An einem der letzten milden Spätsommerabende des Jahres 1989, bevor mit dem nahenden Herbst die Nächte wieder kühl wurden, saßen Knut und sein Freund Rudi Petersen am Rand des Wallenstein-grabens, einem künstlichen Verbindungskanal zwischen dem Schweriner See und dem Wismarer Hafen. Sie hatten sich zum Angeln verabredet, denn in solchen Nächten biss der Aal besonders gut. Knut und Rudi kannten sich von Kindesbeinen an. In der Regel dienten diese Angeltreffen nur einem ruhigen diskussionsfreien Beisammensein. Doch die politischen Ereignisse des Jahres ließen insbesondere Rudi keine Ruhe.

„Das wird alles verändern", war seine Meinung zu den zahlreichen Aufrufen und Demonstrationen.

„Ach, glaubst du wirklich. Ich denke eher, dass sie hart durchgreifen werden, ein Exempel statuieren, und dann ist wieder Ruhe. Vielleicht machen sie ein paar Zugeständnisse: weniger Plan und mehr Bananen."

„Sei doch mal optimistisch", war Rudis Antwort auf Knuts Einwand. „Diesmal sind es viele. Die können sie nicht einfach niederknüppeln."

„Und was war das auf dem Platz des Himmlischen Friedens?", war Knuts heftige Frage. „Dort sind so viele Menschen nicht nur niedergeknüppelt, sie sind einfach von Panzern überrollt worden."

„Ja! Mein Gott! Ja! Das ist so schrecklich! Ich hätte es

nie für möglich gehalten. Ich kann es immer noch nicht glauben und noch weniger begreifen", erwiderte Rudi mit belegter Stimme. „Und bevor du mich fragst, ob so etwas bei uns möglich ist? Ich weiß es nicht. Ich kann es dir einfach nicht sagen."

Er schwieg, fuhr dann aber mit etwas Optimismus in der Stimme fort: „Was ich dir aber sagen kann ist, dass sich hier schon einige Gleichgesinnte gefunden haben. Jeder kann mitmachen. Jeder der will, dass sich etwas verändert. Du auch!"

„Wie? Du bist dabei?"

„Ja, was dachtest du denn? Man kann doch nicht jahrelang dagegen sein und dann, wenn sich die Möglichkeit ergibt, den Schwanz einziehen?"

„Soll das jetzt gegen mich sein?"

„Mehr oder weniger, ja! Ich kenne dich, Knut. Unsere Gespräche sind immer offen gewesen. Und deine Einstellung gegenüber den Verhältnissen hier ist mir kein Geheimnis. Mensch, wir sind Freunde. Mach mit, wir brauchen dich. – Wir brauchen alle", ergänzte er.

Knut starrte schweigend auf das Wasser.

„In Schwerin haben sich schon Hunderte in die Mitgliederliste des Neuen Forums eingetragen", setzte Rudi seinen Appell fort „Die Veränderungen, die in unserem Land nötig sind, fordern sie öffentlich. Auch hier in Wismar wollen wir Flugblätter mit dem Aufruf zur Gründung eines Forums verteilen."

„Ja und schnurstracks bei der Stasi landen". Warf Knut ein.

„Weißt du, darüber sind wir uns im Klaren. Doch irgendwie wollen scheinbar alle das Risiko auf sich nehmen."

Die ganze Nacht hindurch diskutierten die Freunde über das Für und Wider solcher Aktionen und die ganze Nacht darüber, was gefordert werden soll: Meinungsfreiheit, unabhängige Parteien und eine wirkliche Opposition. Und am Ende der Nacht hatte Rudi seinen Freund überzeugen können, im Forum mitzumachen.

So kam es, dass Knut sich das erste Mal in seinem Leben politisch engagierte. Kirstin war von seinem plötzlichen Engagement nicht so begeistert.

„Du kannst doch jetzt nicht da mitmachen. Im November werden unsere Zwillinge geboren. Wir sind dann nicht mehr alleine", erinnerte sie ihn. „Was ist, wenn sie euch festnehmen? Du weißt ganz genau, wie oft die Versuche, dieses System zu ändern gescheitert sind."

Knuts Zuversicht, die Öffentlichkeit und die Menge der Oppositionellen seien der Schutz gegen die staatliche Gewalt, konnte Kirstin nicht teilen.

„Wir verstehen uns als Gegenentwurf zu der Abstimmung mit den Füssen", versuchte er sie umzustimmen.

„Wie soll ich das verstehen?"

„Täglich sollen bis zu fünfhundert Personen in Ungarn über die Grenze nach Österreich gehen. Die vom Forum haben relativ stichhaltige Zahlen darüber. In den Botschaften in Warschau und Prag sitzen auch Hunderte, die auf eine Ausreise warten. Wir können doch nicht alle unser Land verlassen. Wir müssen den Menschen hier eine Perspektive bieten. "

„Und meine und der Kinder Perspektive?"

„Verstehst du mich nicht? Ich tue das doch gerade für euch."

Die Aussicht, seinen Kindern eine andere Zukunft zu bieten, war auch das Argument, mit dem Rudi seinen Freund in der Nacht am Wallensteingraben letztendlich überzeugen konnte. Kirstin aber konnte Knuts Engagement im Neuen Forum nur zögerlich zustimmen.

Das Ende einer Freundschaft

Als Jansen und Borchert am Tag nach Frau Hellwigs Befragung auf das Haus der Pohls zufuhren, kamen ihnen, wie schon eine Woche zuvor, die Hunde entgegengelaufen. Die Anzahl der Welpen hatte sich um zwei reduziert, der Rest schien aber in der letzten Woche kräftig dazugelernt zu haben. Keine Rede mehr von Abstandhalten. Sie waren jetzt genauso keck wie die Alten.

Borchardt hatte diesmal vorgesorgt und ein paar Hundekekse mitgenommen, die er nun der Meute hinhielt. Doch das war wirkungslos. Nachdem die Hunde die Leckerbissen verschlungen hatten, ging das Gekläffe weiter. Auch trat niemand aus der Tür, um die Tiere zu beruhigen. Nun war wieder Jansen gefragt, der außer Leckerbissen seinen anderen, geheimen Einfluss auf die Hunde geltend machte.

„Sie ist wohl einkaufen, wir hätten vorher telefonieren sollen", meinte Borchardt angesichts der verschlossenen Haustür.

„Nein, es ist besser, wenn sie sich nicht vorbereiten kann. Das Überraschungsmoment ist wichtig. Komm, wir setzen uns." Jansen deutete die Bank neben dem Eingang.

Während der Fahrt zu den Pohls hatten die Kommissare kaum miteinander gesprochen, ganz entgegen ihrer Gewohnheit. Auch jetzt hing jeder seinen Gedanken nach. Borchardt unterbrach als erster die

Stille.

„Ist schon komisch", fing er mit unsicherer Stimme an. „Vor ein paar Tagen habe ich noch geglaubt, dieses Paar bringt keiner auseinander, und jetzt macht sie ..." Er vollendete den Satz nicht.

„Hm." Gedankenverloren streichelte Jansen einen der Welpen auf seinem Schoß.

„Eigentlich verspüre ich keine Lust, sie zu befragen", fuhr Borchardt weiter fort. „Glauben Sie Chef, dass sie etwas mit dem Verschwinden von Engeler zu tun hat? Sie hat uns wahrscheinlich nichts gesagt, weil ihr Mann dabei gewesen war."

„Jetzt suchst du für sie nach einem Strohhalm. Aber glaub mir, es ist so wie es scheint. Und nach Lust geht es in unserem Beruf leider nicht."

Aus der Ferne vernahmen sie Motorengeräusche. Die beiden großen Hunde reagierten sofort und liefen nach vorne zur Hofeinfahrt. Das Gebell ging auch gleich wieder los.

„Die müssten doch die eigenen Autos erkennen", wunderte sich Jansen.

Er hatte recht. Der Wagen, der um die Ecke bog, war weder der von Kirstin Pohl, die einen roten Escort fuhr, noch der altersschwache Mercedes ihres Mannes. Stattdessen rauschte der weiße Renault von Anette Caldrien mit zu hohem Tempo auf den Hof und stoppte mit quietschenden Bremsen neben dem Dienstwagen der beiden Beamten.

„Das ist jetzt aber gar nicht günstig", entfuhr es Borchardt.

Jansen nickte zustimmend. „Ich werde mal die Hunde in den Schuppen sperren, sie geben sonst doch keine Ruhe. Versuch du inzwischen herauszufinden, was die gute Frau Caldrien hierhin treibt. Sie scheint etwas aufgebracht zu sein."

Borchardt ging auf den Wagen zu, aus dem Anette gerade ausgestiegen war und ihn ziemlich unwirsch anfuhr.

„Keiner von denen da?" Sie wies in Richtung des Hauses.

„Guten Tag, Frau Caldrien", erwiderte Borchardt ungerührt. „Scheint so."

„Schade. Aber die entwischt mir nicht."

„Wie habe ich das zu verstehen?"

„Na, ich habe ein Hühnchen mit ihr zu rupfen." Eindeutig meinte sie Kirstin Pohl. „Und für Sie wird es auch eine Neuigkeit sein." Sie hielt Borchardt ein zusammengefaltetes Blatt hin. „Steigt mit dem Freund der besten Freundin in die Kiste."

Borchardt war erstaunt über ihre Wortwahl. Und dass sie ihm so unverblümt den Grund ihrer Ver-ärgerung mitteilte, verblüffte ihn noch mehr. Das hingehaltene Blatt ignorierte er erst einmal.

„Ich verstehe Ihre Aufregung nicht, Frau Caldrien. Hatten Sie uns nicht erklärt, dass Ihre Beziehung zu Jürgen Engeler vorbei ist? Sogar schon vor seinem Auszug aus der gemeinsamen Wohnung?"

„Na, dann schauen Sie doch mal auf das Datum." Anette entfaltete das Blatt und hielt es mit der beschriebenen Seite Borchardt vor die Nase.

Liebste, die Nacht war wunderschön. Sicher hast auch Du gespürt, welch einzigartige Gefühle uns verbinden. Geliebte, was haben wir bisher nur versäumt? Nach jedem Zusammensein empfinde ich immer stärker, was Du mir bedeutest. Meine Sehnsucht ...

Oh je, dachte er, muss ich das lesen? Das Geschriebene kam ihm recht schwülstig vor. Der Brief endete mitten im Satz. Das Datum oben rechts zeigte den elften Dezember.

In der Zwischenzeit war Jansen an die beiden herangetreten. Ungeniert nahm er Anette den Brief aus der Hand und las ihn durch.

„Wer soll Ihrer Meinung nach der Schreiber des Briefes sein", wandte er sich danach an sie.

„Was glauben Sie wohl? Ich habe das Geschmiere vorhin beim Hausputz gefunden. War ihm wohl selbst peinlich, es abzuschicken. Und mir gegenüber tut sie so scheinheilig." Anette redete sich immer mehr in Rage. „Bin mal gespannt, was ihr ach so toller Mann dazu sagt."

„Frau Caldrien, bitte beruhigen Sie sich. Wir sind dienstlich hier und möchten gerne mit Frau Pohl alleine sprechen. Dass sie und Jürgen Engeler ein Verhältnis haben, ist uns bekannt."

„Was?" Anette schnappte nach Luft. „Wahrscheinlich hat es die ganze Stadt gewusst, nur ich nicht!"

In diesem Moment kam Knuts Wagen auf den Hof gefahren.

Natürlich hatte Anette sich nicht davon abhalten lassen, Knut die Neuigkeit mit den Worten „Wenn du wissen willst, was deine heißgeliebte Kirstin und Jürgen so treiben, dann lies mal das hier" gleich mitzuteilen.

Wenn sie aber gedacht hätte, dass sie bei Knut damit eine wütende, bestürzte oder gar traurige Reaktion auslösen würde, so hatte sie sich gründlich getäuscht. Mit erstaunlicher Selbstbeherrschung reagierte er auf den Brief. Überflog ihn nur kurz und erwiderte, dass er diese persönliche Angelegenheit nicht in aller Öffentlichkeit diskutieren wolle. Und fügte hinzu, dass ihn ihre Aufgeregtheit schon etwas verwundere, angesichts der Tatsache, dass sie mit Jürgen ja schon lange Schluss gemacht habe.

„Ja, merkst du nicht, dass wir hintergangen wurden?", hatte Anette gefragt.

Ohne Zweifel, war seine Antwort, aber das sei eine Sache, die er mit Kirstin alleine ausmache, und ihre, Anettes, Anwesenheit sei im Moment nicht gefragt, weshalb er sie bitten würde, den Hof zu verlassen. Sie könne ja später mit Kristin darüber reden, wenn sie es für nötig hielte.

„Mit deiner Frau werde ich kein Wort mehr wechseln. Das kannst du ihr ausrichten."

Immer noch wütend riss sie ihm den Brief aus der Hand, setzte sich in ihr Auto und rauschte vom Hof.

In dem Moment zog Borchardt innerlich den Hut vor Knut Pohl. Der Mann zeigte Haltung.

„Dürfte ich Sie auch bitten, mich jetzt alleine zu

lassen", wandte sich Pohl an die beiden Kriminal-
beamten.

„Das wird nicht möglich sein, da wir mit Ihrer Frau
reden wollen."

„Da muss ich Sie leider enttäuschen. Meine Frau ist
für einige Tage zu ihrer Schwester nach Güstrow
gefahren. Sie wird erst heute Abend zurück sein."

„Das ist nicht so gut", meinte Jansen, „aber auch nicht
zu ändern. Doch eine Frage hätte ich noch."

„Ja, was denn noch?", fragte Knut Pohl ungewöhnlich scharf.

„Wussten Sie von dem Verhältnis Ihrer Frau?"

„Wie bitte! Wo denken Sie hin? Natürlich nicht."

„Sie machten mir aber einen sehr gefassten Eindruck
vorhin, als Frau Caldrien Ihnen das mitteilte."

„Es muss ja nicht jeder gleich so ausrasten, oder?"

„Gut, oder doch nicht so gut. Denn sicher können
auch Sie eins und eins zusammenzählen. Mit dem Brief
taucht ein Motiv auf, das Sie in Zusammenhang mit
Jürgen Engelers Verschwinden bringen kann."

„Das sehe ich selbst", erwiderte Knut bissig. „Ich
denke aber auch, dass Sie Beweise anbringen müssen. Ich
habe auf jeden Fall nichts damit zu tun."

Zeuge Lederer

Zurück im Kommissariat wartete auf Jansen und Borchardt ein weiterer Zeuge, der den vermissten Jürgen Engeler gesehen haben will.

Auf dem Stuhl vor ihrem Büro saß ein hochgewachsener, hagerer Mann. Jansen schätzte ihn auf Anfang sechzig. Die Art, mit der der Mann die Beamten begrüßte, war für Jansens Begriffe zu beflissen, es hatte etwas Dienerhaftes. Ein akkurat gezogener Seitenscheitel und die steife Haltung des Mannes verstärkten den Eindruck auch äußerlich. Er stellte sich als Paul Lederer vor.

„Ich wollte schon wieder gehen, denn ich muss um sechs meinen Dienst antreten", empfing er Jansen und Borchert.

„Ja, dann schießen Sie gleich mal los." Jansen hängte seinen Trenchcoat an den Haken hinter der Tür. „Sie haben also Jürgen Engeler gesehen. Wann war das? Sind Sie sicher, dass er es war?"

„Ich bin mir schon ziemlich sicher, denn ich habe ihn mehrere Male gesehen. Und wann es war, kann ich auch ziemlich genau sagen."

„Das müssen Sie uns näher erklären." Jansen bot Lederer den Stuhl vor seinem Schreibtisch an und nahm gegenüber Platz.

„Nun ja, ich arbeite im Hotel Zur Schanze im Service."

Jansen kannte das Hotel in Wismar. Es lag am Mühlenteich unweit der Rostocker Straße. Viele Touristen verliefen sich nicht dorthin. Das Hotel stammte noch aus DDR-Zeiten. Dürftig ausgeführte Renovierungs- und Restaurierungsarbeiten hatten es nicht wesentlich verschönert. Hauptsächlich Monteure, die sich die teuren Hotels in der Altstadt nicht leisten konnten, quartierten sich dort ein.

„Ein halbes Jahr lang, bis circa Mitte Juli, kam dieser Herr zu uns", setzte Lederer fort und wies auf das Foto, welches Borchardt ihm gereicht hatte. „Ein-, manchmal auch zweimal die Woche, immer nachmittags und nie alleine."

„Er kam mit einer Frau."

Mehr als Feststellung, denn als Frage kam es aus Borchardts Ecke.

„Ja, und ohne Privates zu verraten: Was man so sehen konnte, die beiden waren sehr intim. Sie kamen immer vormittags und blieben nie länger als eine Stunde, selten bis zum Mittagessen. Ein- oder zweimal waren sie auch abends gekommen. Ich bin schon lange in dem Beruf und habe ein Auge für die Situationen der Menschen bekommen. Die beiden wollten sich nicht überall sehen lassen, soviel war mir klar."

„Wie würden Sie die Frau beschreiben?"

„Nun, wie soll ich sagen? Auffallend attraktiv, eine wirkliche Schönheit."

Jansen fiel auf, dass Paul Lederer Kirstin Pohl mit den gleichen Worten beschrieb wie die gute Frau Hellweg.

„Wenn Sie uns jetzt noch sagen können, wann Sie die

beiden das letzte Mal gesehen haben, dann sind wir vollkommen zufrieden."

„Das ist gar nicht mal so lange her. Es war der dreiundzwanzigste Juli. Ich habe mir das merken können, weil es das erste und einzige Mal an einem Samstag war. Aber er war nicht gekommen. Nur sie. Hatte ständig auf die Uhr geschaut und war nach circa einer Stunde gegangen. Danach habe ich keinen der beiden wiedergesehen."

Eine besondere Nacht

Anfang Oktober 1989 veröffentlichte das Neue Forum in Wismar einen Aufruf zu einer ersten öffentlichen Diskussion. Der Pastor der Nachbargemeinde Proseken stellte seine kleine Kirche als Versammlungsraum zur Verfügung. Fast zweitausend Menschen kamen, von denen nur die Hälfte in dem Gotteshaus Platz fand. Das hielt die draußen Stehenden nicht davon ab zu bleiben. Rudi, Knut und all die anderen aus der Forumsgruppe waren überwältigt von der Zustimmung.

Am Reformationstag Ende Oktober strömten nach einem weiteren Aufruf fünftausend Menschen in die größere Nikolaikirche in Wismar. Und, ermutigt durch die anhaltenden Montagsdemonstrationen, die überall im Land stattfanden, versammelten sich Tausende am Abend des siebten November in der kleinen Stadt am Meer. Eine Massendemonstration, wie Wismar sie in seiner Jahrhundert jahrealten Geschichte noch nicht gesehen hatte. Klar, dass Knut dabei war. Und er hatte auch Kirstin überzeugen können: „Du bist bei dem wohl wichtigsten Ereignis in deinem Leben dabei", prophezeite er ihr.

Worauf sie nur trocken erwiderte, dass das wohl die Geburt ihrer Kinder sein werde.

Am siebten November jedenfalls standen die Menschen draußen vor dem Rathaus auf dem Marktplatz, während drinnen im Rathaus die Versammlung der Stadtverordneten tagte. Sie wussten, dass es jetzt nicht mehr nur um Reisefreiheit geht. Jetzt forderten die Bürger freie Wahlen sowie Meinungs- und Versammlungsfreiheit. Wo sollten sie da als linientreue Parteigänger bleiben, schien sich mancher von denen gefragt zu haben?

Zwei Tage später schaute Knut nach der Arbeit nur noch kurz bei der Gruppe rein, um zu erfahren, ob etwas Wichtiges anläge. Danach wollte er nach Hause.

Der kleine Raum im Keller des Pastorenhauses, der den Mitgliedern der Forumsgruppe als Sammlungsort diente, war erfüllt von Rauch und Stimmengewirr. Immer noch war das Hauptthema, wie viele Menschen vor zwei Tagen auf die Straße gegangen waren. Jetzt, nach dem Riesenerfolg der Demonstration, hatte sich die Euphorie in der Gruppe etwas gelegt, aber die Zuversicht, dass sich etwas ändern würde, war riesengroß.

„Komm Knut, trink einen mit. Wir wollen auf ein gutes Ende anstoßen." Freund Rudi hielt Knut ein Glas hin. „Kirstin wird nicht gleich sauer sein, wenn du einmal später kommst."

„Nee, seid nicht böse, aber wir haben es so abgemacht", erwiderte Knut und zog seinen Mantel an.

Doch dann platzte die Bombe!

Wilkensen, der Küster der Kirchengemeinde, hatte der Gruppe seinen eigenen Fernseher zur Verfügung gestellt. Um neunzehn Uhr hatte er die Heute-Nachrichten auf dem Westkanal eingestellt. Zum Ende der Sendung, als schon alle wichtigen Tagesmeldungen gebracht worden waren, kam noch ein Beitrag, der als *soeben eingegangene* Meldung angekündigt wurde.

„Mensch Leute, seid doch mal still!" Wilkensen drehte den Ton am Gerät lauter.

Das Bild im Fernsehen zeigte den Presseraum der DDR-Regierung. An einem Tisch saß Günter Schabowski, seines Zeichens Pressesprecher des Polit-büros, sowie andere Regierungsmitglieder. Daneben füllten zahlreiche Journalisten den Raum.

„… zur ständigen Ausreise unverzüglich zu erteilen", sagte Schabowski gerade.

„Seid mal ruhig. Das müsst ihr hören!", rief Wilkensen in den Raum.

„… die Ausreise über alle Grenzübergangsstellen der DDR zur BRD beziehungsweise zu Westberlin", beendete Schabowski den Satz.

Und auf die Nachfrage eines Journalisten, ab wann diese Regelung gelten würde, begann er: „Meines Wissens …", und nach einem kleinen Zögern und einem Blick auf den Zettel in seiner Hand, endete er mit: „… unverzüglich!"

Totenstille in dem kleinen Kellerraum in Wismar. Fragende Blicke von einem zum anderen. Kaum konnten sie glauben, was sie gehört hatten und brauchten eine Weile, um das eben Gesagte zu erfassen.

Und dann, als sie endlich begriffen hatten, was da aus dem Fernseher zu ihnen in den Keller hineingeschallt war, lagen sie sich in den Armen, redeten durcheinander, hatten Tränen der Freude in den Augen und jubelten wie Kinder über die Erfüllung eines innigst gewünschten

114

Geburtstagsgeschenk.

„Mensch, Knut!" Rudi umarmte seinen Freund und klopfte ihn wie wild auf den Rücken. „Was für eine Nachricht! Ich glaub' es nicht! Unvorstellbar!"

Und dann sagte er das Wort, das die Euphorie und die Glückseligkeit dieses Ereignisses in einen Begriff packen sollte: „Wahnsinn!"

„Jetzt bleibe ich doch noch." Knut zog seinen Mantel aus. Dann wandte er sich an Wilkensen, der mit einem Glas in der Hand und hochroten Ohren am Türpfosten stand und glückselig seine „Schäfchen" betrachtete. „Willi, wo steht das Telefon? Ich muss meine Frau anrufen."

„Wie? Habt ihr ein Telefon bekommen?", fragte der Küster.

„Nein, ein Nachbarn. Er fährt sicher rüber und sagt Bescheid."

„Steht oben im Büro, Tür ist auf," erklärte Wilkensen. Wenig später kam Knut zurück.

„Erledigt?", fragte Wilkensen immer noch auf seinen Posten.

„Es geht keiner dran, ständig besetzt. Mit der Bombennachricht von heute Abend ist bei denen sicher die Hölle los. Ich werde es nachher noch einmal versuchen."

Die Stimmung in der Runde wurde übermütiger. „Was wirst du als erstes machen, wenn du drüben bist?", war die wichtigste Frage, denn natürlich setzte jeder voraus, dass man den Westen besuchen wird.

„Ich werde mir eine richtige Jeans kaufen."

„Ich werde erst einmal in einen Buchladen gehen."

„Ich glaube, ich genieße nur die Auslagen in den Schaufenstern."

„Und ich werde ins Café Niederegger gehen. Davon hat meine Großmutter immer geschwärmt."

Im Fernsehen liefen derweilen die Statements diverser Westpolitiker ab: Ein Tag von weltbewegender Bedeutung sei es. Die Deutschen seien das glücklichste Volk der Welt. Es sei der Sieg der Meinungsfreiheit über die Unterdrückung. Und endlich werden auch unsere Brüder und Schwester im Osten frei.

„Kommt! Wir fahren zur Grenze nach Schlutup. Lasst uns versuchen, wie weit wir kommen."

Knut hatte sich später gefragt, wessen Schnapsidee das war, und warum er mitgefahren war. Es ließ sich durch nichts rechtfertigen. Auch nicht durch das Ereignis der Grenzöffnung. Zwar hatten sie alle schon zu viel getrunken, auch er. Obwohl das keine Ent-schuldigung sein konnte, denn total benebelt war er noch nicht. Warum war er dennoch mitgefahren? Wer hatte das eigentlich vorgeschlagen? Der alte Petersen vielleicht? Als Antialkoholiker trank er keinen Schluck. In seinen Wartburg hatten sich dann alle reingequetscht. Erstaunlich war, dass sie wirklich bis nach Schlutup und noch weiter, bis nach Lübeck, kamen.

Als Knut am nächsten Morgen aufwachte, fand er sich mit brummenden Schädel und pelzigen Geschmack im Mund in einer fremden Umgebung wieder. Nur mühsam erinnerte er sich an die vergangene Nacht.

Horst – „Nenn mich Hotte" – hatte ihn zu seinem Spezial-DDR-Bürger erkoren und ihn durch sämtliche Kneipen Lübecks geschleppt. Mit einer Flasche *Henkel* und der Bemerkung: „Hier, trink mal was Anständiges" war Hotte anschließend mit ihm durch die Straßen gezogen. Mit allen, die ihnen begegneten, hatten sie angestoßen. Seine Freunde hatte Knut zu dieser Zeit schon längst aus den Augen verloren. Wie und wann er mit Hotte nach Hause gegangen und dort in dessen Gästebett gelandet war, wusste er nicht mehr.

Horsts Frau gab ihm eine frische Zahnbürste und kochte literweise Kaffee, während Horst in der Zwischenzeit einen Schlachtplan für einen weiteren Tag im Westen ausarbeitete. Doch Knut bestand darauf, dass er so schnell wie möglich nach Hause müsse. Horst war natürlich bereit, ihn bis nach Wismar zu fahren.

„Ohne ein Visum wirst du wohl nur bis zur Grenze in Schlutup kommen", vermutete Knut. „Ich werde dort schon jemand finden, der mich dann mitnimmt."

Unterwegs und an der Grenze war der Teufel los. Ganz Mecklenburg war auf den Beinen. Alle wollten nur in die eine Richtung. Wie er gedachte hatte traf Knut einen Kollegen, der von dem Trubel die Nase voll hatte und zurück nach Wismar wollte. Horst und Knut tauschten ihre Adressen aus und versprachen, in Kontakt zu bleiben – was dann natürlich nicht der Fall war.

Die Begeisterung, die das Jahrhundertereignis der letzten Nacht in Knut ausgelöst hatte, war einer deprimierenden Leere gewichen. Während der gesamten Fahrt dachte er nur an Kirstin. Er spürte, dass etwas unwiederbringlich verloren gegangen war.

Zu Hause dann die Gewissheit. Das, worauf Kirstin und er sich all die Jahre gefreut hatten, was ihre Verbindung und ihr gemeinsames Leben krönen sollte, hatte Kirstin in dieser Nacht ohne seinen Beistand erlebt: die Geburt ihrer Töchter.

Jansen und Borchardt bei der Arbeit

Frau Hellweg hatte auf dem Foto, welches Borchardt ihr am nächsten Tag gezeigt hatte, Knut Pohl als den Mann erkannt, der hinter dem Torpfosten vor Café Lizzy gestanden hatte. Zusammen mit der Aussage des beflissenen Kellners aus dem Hotel Schanze reichte es aus, das Ehepaar Pohl zur Vernehmung auf das Kommissariat zu bestellen.

Während Jansen die Aussagen der beiden Zeugen noch einmal durchlas, überlegte Borchardt, wie es abgelaufen sein könnte.

„Er bekommt mit, wie seine Frau und Engeler sich in dem Café treffen. Vielleicht wollte er sich zu den beiden gesellen. Kann sein, dass ihn eine Geste seiner Frau Engeler gegenüber stutzig machte. Stattdessen beobachtet er das Treffen der beiden aus der Deckung heraus. Was ist danach passiert? Hat er seine Frau zur Rede gestellt? Oder Engeler? Und das Treffen ist aus dem Ruder gelaufen?"

„Möglicherweise haben sich die Pohls für heute abgesprochen", sagte Jansen, ohne auf die Äußerungen seines Assistenten einzugehen. „So oder so, wir werden es herausbekommen. Du wirst Kirstin Pohl vernehmen."

Beide Pohls schienen nicht sonderlich erstaunt, dass man sie in getrennte Räume schickte. Mit der Niederschrift der Zeugenaussagen unterm Arm betrat Jansen das Zimmer, in dem Knut Pohl wartete.

Während der Vernehmung, die der Kommissar mit allgemeinen Fragen zum Verhältnis von Knut zu Jürgen begann, blieb Knut Pohl bei der Angabe, dass er Jürgen den ganzen Sommer nicht gesehen habe.

„Ich glaube, das deckt sich nicht ganz mit unseren Erkenntnissen." Jansen blätterte eine Weile in seinen Unterlagen und zog endlich ein Blatt aus dem Ordner. Daraus las er Knut wortwörtlich Frau Hellwegs Aussage vor.

„Sie denken nun, dass ich einen triftigen Grund habe und womöglich Jürgen was angetan habe?"

„Und? Haben Sie nicht?", war Jansens Gegenfrage.

„Wo denken Sie hin. Wenn alle Eheprobleme in einen Mord enden würden – denn den unterstellen Sie mir jetzt wohl – dann könnten Sie sich vor Arbeit nicht retten."

„Nur, dass Sie in diesem Fall bei einer Lüge ertappt wurden."

„Ich kann mich nur wiederholen", erwiderte Knut Pohl. „Es mag vielleicht nach einem Tatmotiv aussehen, dass ich beide gesehen habe. Aber es ist kein Beweis für einen Mord, oder was immer Sie mir unterstellen. Einen Beweis müssen Sie schon erbringen."

Sein Ton klang nicht unfreundlich oder gar hämischen. Vor Jansen saß ein absolut sicherer und selbstbewusster Mann.

„Was kam bei deiner Vernehmung raus?"

Jansen war unzufrieden. Knut Pohls Auftreten war ihm zu selbstbewusst, zu glatt. Er hatte ihn nicht aus der

Reserve locken können.

„Frau Pohl gibt an, dass das Verhältnis zu Engeler seit gut einem dreiviertel Jahr bestanden habe. Sie waren sich nähergekommen, weil Anette Caldrien eine Grabung in Sachsen hatte und nur am Wochenende da war. An dem Tag, als Frau Hellweg sie beobachtet hatte, wollte sie Schluss machen. Weil sie Engelers Reaktion aber nicht einschätzen konnte, habe sie es in dem Café nicht sagen wollen. Sie habe ihm daraufhin einen Brief geschrieben und am Campingplatz abgegeben. Am Donnerstag habe Engeler sie telefonisch um eine letzte Aussprache gebeten und ein Treffen am Samstag im Hotel Zur Schanze vorgeschlagen. Dort wartete sie gut eine Stunde, aber Engeler sei nicht gekommen. Am Ende bat sie mich, ihrem Mann nichts von dem Verhältnis zu sagen. Sie würde es ihm lieber selbst mitteilen."

„Das hast du doch nicht zugesagt, oder?"

„Nun ja, ich habe gesagt, dass ich deswegen nicht extra zu ihrem Mann fahren werde. Dass er schon alles weiß, habe ich nicht verraten. Sie wiederholte und schwor Stein und Bein, dass sie Engeler im Café Lizzy das letzte Mal gesehen habe und er an dem Samstag nicht gekommen sei.

„Was haben wir also?", fragte Jansen Borchardt.

„Einen Verschwundenen, einen Verdächtigen, ein Motiv, die Vermutung, dass es Mord war, aber – keine Leiche."

„Das ist der Angelpunkt!", sagte Jansen und klatschte mit der flachen Hand auf den Tisch. „Wir haben keine Leiche. Es ist immer noch möglich, dass Engeler sich einfach nur abgesetzt hat. Wie weit sind die Recherchen in seinem beruflichen Umfeld?"

„Komplett ergebnislos. Die Disco, in der er eine Art Mädchen für alles war, musste er ab und zu, wenn es Rangeleien unter den Gästen gab, eingreifen. Doch dass er da zu scharf durchgegriffen und sich einen Feind gemacht haben könnte, schlossen alle Kollegen und sein Arbeitgeber aus. Sie bestätigten einhellig, dass er immer beruhigend auf die Leute einwirkte. War schon langsam unheimlich, nur Gutes zu hören."

„Na ja", erwiderte Jansen. „Mit einer verheirateten Frau etwas anzufangen ist allerdings nicht die feine Art."

„Aber wenn es Mord war. Wo ist die Leiche?", fragte Borchardt. „Haben wir alles durchdacht?"

„Du hast recht, Wir müssen uns auf die Suche nach der Leiche konzentrieren. Ohne Leiche haben wir nur vage Vermutungen, aufgrund dessen kein Richter einen Haftbefehl ausstellt. Ansonsten müssen wir uns um die Ohren knallen lassen, dass Jürgen Engeler lediglich einer von denen ist, die jährlich bewusst von ihrem alten Leben Abschied nehmen und woanders neu anfangen wollen."

„Wissen Sie Chef, was mir gerade auffällt?" Borchardt wandte sich von dem Plan ab, auf dem die Orte ihrer Recherchen markiert waren und den er in der Zwischenzeit intensiv studiert hatte. „Alles scheint sich auf den südöstlichen Teil der Altstadt zu konzentrieren. Ich meine: Fast alle Ortsangaben lassen sich dort eingrenzen. Dort liegt die Post, bei der Engeler sein Geld abgehoben hatte. Die Grabung, die Anette Caldrien zu der Zeit hatte, ist in derselben Straße. Gleich um die Ecke ist das Café Lizzy, in dem unsere Frau Hellweg so gerne ihren Erinnerungen nachhängt. Auch die Diskothek,

Engelers Arbeitsplatz, liegt am östlichen Rand der Altstadt. Und dann das Hotel Zur Schanze, wo sich Engeler und Kirstin Pohl immer trafen. Das liegt zwar außerhalb der Altstadt am Mühlenteich, doch ist es zu Fuß gut zu erreichen."

„Du willst damit doch wohl nicht sagen wollen, dass irgendwo dort eine Leiche zu finden ist?"

„Nein, natürlich nicht. Vielleicht lohnt es sich aber, diese Information im Hinterkopf zu behalten."

„Meinst du?" Jansen war skeptisch. „Aber frage doch bitte auf dem Campingplatz nach, wer den Brief von Frau Pohl angenommen hat und ob er an Engeler weitergereicht wurde. In seiner Unterkunft haben wir ihn ja nicht entdeckt."

Eine Ehe am Ende?

Nur unwillig verließ Knut am Freitag um ein Uhr sein Büro. Noch immer wusste er nicht genau, wie er das Gespräch mit Kirstin beginnen sollte. Klar war ihm nur, dass es zu einer Aussprache kommen musste. So konnte, so wollte er nicht weiterleben. Er empfand seine Ehe mittlerweile nur noch als eine Aneinanderreihung von eingespielten Ritualen; unumgänglich und letztendlich kaum von Belang, angesichts der einzig wichtigen Frage: Was ist mit uns?

Wie eng waren sie früher miteinander verbunden. Wann hatten sie den letzten intensiven Moment angesichts eines gemeinsam erlebten Sonnenuntergangs oder anlässlich eines gleichzeitig ausgesprochen Gedankens erlebt? Wo waren die manchmal hitzigen Dispute und deren versöhnliches Ende, auch wenn sie nicht einer Meinung waren? Wo waren diese Jahre hin? Und wann hatte er gemerkt, dass sie Vergangenheit geworden sind? Sicher nicht gleich nach der verhängnisvollen Nacht damals im November.

Hatte er wirklich gedacht, mit der Zeit ließe sich die alte Vertrautheit wieder herstellen? Die Zeit heilt alle Wunden, so sagt man. Doch in seiner Ehe wurden sie größer, die Wunden. Vielleicht hätten sie heilen können, wenn die Zeiten die gleichen geblieben wären. Doch wie sollte das gelingen? In Zeiten, wo der Wandel so ungleich größer war als die kleinen privaten Eheprobleme, zählte alles was vorher war nicht mehr. Die frühere Vertrautheit reichte anscheinend nicht, um die Verletzung der

Wendezeit zu heilen. Oder hat ihn der Umbruch die klare Sicht auf Kirstin verstellt?

Während Staat und Gesellschaft zusammenbrachen wie ein Kartenhaus, baute sich in seiner Ehe unmerklich zwischen all den neuen Anforderungen eine Mauer auf, die nicht zu überbrücken schien.

Und nun war Jürgen verschwunden. Was wusste Kirstin darüber? Er musste sie zur Rede stellen. Er verfluchte sich, so lange mit einer Aussprache gezögert zu haben. Doch Jürgens Verschwinden zeigte ihm deutlich, dass er handeln musste, wollte er sein Leben nicht gänzlich aus dem Ruder laufen lassen.

„Ich muss mit dir reden", begann er nach dem Essen. „Sag nicht wieder, jetzt nicht!" Sein Ton klang ungewohnt gebieterisch.

Kirstin war vom Tisch aufgestanden und räumte die Teller in die Spülmaschine. Während des Essens hatten nur die Mädchen geredet und waren verschwunden, noch ehe Kirstin sie zum Tellerabräumen verdonnern konnte.

Knut war ebenfalls aufgestanden und ging einen Schritt auf sie zu. „Es ist wichtig für uns, bitte" Nun flehte er fast.

„Ja, gut.", erwiderte Kirstin resigniert.

„Ich weiß, dass du ein Verhältnis mit Jürgen hast", platzte Knut heraus.

Ohne ein Zeichen des Erschreckens stand sie vor ihm und starrte durch ihn hindurch, als wäre er aus Glas.

„Hörst du?", hakte er nach. „Ich weiß es schon seit ein paar Wochen. Ich habe euch gesehen. Eigentlich hatte ich erwartet, dass du es mir sagst. Wieso gerade er? Weil er jünger ist? Ist es wegen damals? Das kann doch nicht sein. Nach so einer langen Zeit. Oder habe ich etwas anderes verbrochen?", redete er in ihre Stille hinein. „Du weißt, wo er ist, stimmst? Ist das ein Spiel? Wollt ihr mich zur Verzweiflung bringen?"

„Ich glaube, ich liebe dich nicht mehr."

„Mutti!"

Mit weit aufgerissenen Augen stand Clara wie angewurzelt in der Tür. Eher als Knut hatte sie begriffen, was ihre Mutter gesagt hatte.

Kirstin atmete tief durch, bevor sie sich zu ihrer Tochter zuwandte. Doch ehe sie etwas sagen oder tun konnte, war Clara davon gestürmt. Kirstin machte einen Schritt nach vorne, zögerte und wandte sich wieder Knut zu.

„Das kannst du doch nicht einfach so sagen", presste er heraus.

„Wie, nicht einfach so sagen? Wie soll ich es denn sonst sagen? Gibt es eine allseits anerkannte leichte Version des Satzes: Ich liebe dich nicht mehr?"

„Du musst nicht sarkastisch werden."

„Nein, ich bin nicht sarkastisch. Ich bin verzweifelt. Glaubst du etwa, dass es mir leichtfällt? Ich hätte die letzten Wochen gerne anders verbracht."

„Ha! Soll ich etwa Mitleid haben? Klar, du bist die Leidgeprüfte. Du hast es schwer. Verdammt noch mal!"

„Himmel! Ich versuche nur, dir zu erklären, dass ich das alles hier nicht leichtsinnig wegschmeiße. Mir ist schon klar, dass ich Verantwortung trage. Für die Mädchen – für dich", setzte sie hinzu.

„Für mich? Das ist doch lächerlich! Verantwortung für mich. Bin ich ein Kind, auf das die ach so tolle Frau Pohl achten muss? Ich will dir mal was sagen: Du hast meinen Fehler von damals nicht verwinden können." Er redete sich in Rage. „Du kannst nicht ertragen, dass auch ich darunter leide, in der Nacht nicht bei dir gewesen zu sein. Denn immer siehst nur du dich als die Leidtragende."

Ungefiltert schossen die Anschuldigungen aus ihm heraus.

„Ach, denk doch, was du willst", erwiderte Kirstin. „Hast du nicht mitgekriegt, dass Clara jetzt meine Hilfe braucht?"

„Nein! Ich! Ich brauche deine Hilfe. Du gehst jetzt nicht!" Mit ein paar Schritten war er an der Tür und hinderte sie am Fortgehen.

Ihr Blick brachte ihn zur Vernunft.

„Entschuldigung. Ich will dich natürlich nicht hindern zu gehen." Er gab den Weg frei. „Komm, lass uns bitte vernünftig miteinander sprechen."

„Ja, du hast recht." Kirstin ging zum Tisch und setzte sich.

Nachdem auch er Platz genommen hatte, erklärte sie:

„Was du hören willst, kann ich dir nicht sagen. Allerdings, wenn es dich beruhigt: Mit Jürgen ist es aus. Schon seit Juli. Ich habe es ihm geschrieben damals. Er wollte ein letztes Treffen, doch dann war er nicht gekommen."

Konnte er auch nicht, waren Knuts Gedanken, weil ich ihn abgehalten habe.

Und wieder hatte er die damalige Situation vor Augen:

Nachdem er im Sommer Kirstin und Jürgen im Café Lizzy gesehen hatte, war er tagelang hin- und hergerissen zwischen den wirrsten Vorstellungen: Seine Frau in den Armen dieses Kerls, wie sie sich amüsierten, womöglich über ihn lachten, den naiven Alten. Wie sie gemeinsam ein neues Leben schmiedeten und er einsam, allein und verlassen mit den beiden Mädchen auf sein Lebensende zusteuerte. Dann wieder regte sich sein Kampfgeist und er sagte sich: Ich werde sie mir zurückerobern. So schnell gebe ich nicht auf. Dann endlich hatte er einen Entschluss gefasst. Er wollte Jürgen zur Rede stellen.

Der Zufall kam ihm zur Hilfe, als er mitbekam, dass Kirstin und Jürgen sich im Hotel Zur Schanze treffen wollten. An dem Samstag war er, noch bevor Kirstin aus dem Haus ging, unter einem Vorwand losgefahren. Er parkte seinen Wagen in einer Nebenstraße, versteckte sich neben dem Eingang des Hotels und wartete auf Jürgen.

Dieser war kreidebleich geworden, als er sich ihm in den Weg stellte und ihm vorlog, dass Kirstin nicht kommen wird. Das kaufte Jürgen ihm sofort ab. Und dass sie sich wie zwei erwachsene Männer doch bitte bei einem Spaziergang am See aussprechen könnten, dazu konnte er ihn auch erstaunlich schnell überreden. Jürgen war in der Defensive.

Doch leider wurde die Aussprache hitzig. Eigentlich war er derjenige, der immer lauter wurde, Jürgen unflätige Worte an den Kopf warf und ihm auch Prügel androhte. An diesem Punkt grinste Jürgen ihn mitleidig an, so als ob er sagen wollte: Du Hänfling? Wie willst du gegen mich ankommen? Da rastete Knut gänzlich aus und ging mit beiden Fäusten auf Jürgen los. Gleich sein erster Schwinger traf den unvorbereiteten Jürgen voll auf das Kinn, sodass der wie ein nasser Sack hin- und her taumelte, bis seine Beine endgültig einknickten und er auf den Boden landete.

Mit Schaudern erinnerte sich Knut jetzt in der Küche daran. Wie konnte er sich nur zu so etwas hinreißen lassen? Als er Jürgen damals verließ, kam der gerade wieder zu Bewusstsein, und Knut war sich sicher, dass er ihm nicht weiter geschadet hatte.

„Ich werde dich trotzdem verlassen", drangen nun Kirstins Worte an Knuts Ohr.

„Das verstehe ich nicht. Wenn du doch mit ihm Schluss gemacht hast?"

„Ach!" Verzweifelt schüttelte seine Frau den Kopf. „Verstehst du nicht? Das mit Jürgen war nichts. Dass ich mit ihm was angefangen hatte, passierte eher aus einer Laune heraus, aus der Unzufriedenheit mit meinem Leben."

„Ja, aber wenn du mit ihm Schluss gemacht hast, warum willst du mich verlassen?", wiederholte er. „Wohin willst du denn? Und was ist mit den Mädchen?"

„Ich bin mit meiner ganzen Situation nicht zufrieden. Ich brauche Zeit. Ich muss mich selbst finden. So abgedroschen das auch klingen mag."

„Aber du kannst bei mir bleiben. Ich werde dich nicht bedrängen."

„Hast du es nicht gehört? Ich weiß nicht mehr, wo ich stehe. Ob es für ein Leben mit dir noch reicht. Ich muss in Ruhe überlegen können. Ich werde wohl erst einmal zu Renate nach Güstrow ziehen."

Auf Mörderjagd

„Wir haben ihn!" Aufgeregt war Borchardt ins Büro gestürmt.

Jansen, der gerade den kümmerlich Bogenhanf in der Ecke hinter der Tür mit etwas Wasser aufmunterte, traf die Türklinke in die Rippen.

„Hoppla, junger Freund! Was ist denn so wichtig, dass es nicht auch langsamer geht?" Er stellte die Gießkanne neben der Blume ab, rieb sich die leicht schmerzende Stelle am Rücken und setzte sich hinter seinen Schreibtisch. Gut ein Monat war vergangen, seit der Kommissar die ersten zögernden Untersuchungen im Fall Engeler unternommen hatte.

„Wen haben wir?"

„Na, Jürgen Engeler und sehr wahrscheinlich auch seinen Mörder."

„Wer? Wo?"

„Ein Anlieger am Lütjensee in Wismar hat etwas beobachtet. Er will gesehen haben, wie ein gewisser Heiko Kremer vor circa acht Wochen intensiv auf seinem Grundstück gegraben hat. Das ist ihm jetzt, nach unserem Aufruf an die Öffentlichkeit, wieder eingefallen und er meint, es könnte mit dem Ver-schwinden von Engeler zusammenhängen."

„Das sagt doch erst einmal gar nichts, oder?"

„Nee", erwiderte Borchardt, „aber der Lütjensee steht

in Verbindung mit dem Mühlenteich, Chef. Ein weiterer Ort östlich der Stadt. Und er hat noch mehr gesehen."

„Na, dann lass den guten Mann doch mal herein." Jansen stellte die Tasse ab und erhob sich. „Wer weiß, möglicherweise ist seine Aussage brauchbar."

„Der Mann ist nicht hier. Er hat die Meldung auf der Wache in Wismar gemacht."

„Gut, dann mal los!"

In Wismar angekommen empfing sie der Schichtleiter der Wache.

„Ich konnte ihn nicht mehr aufhalten", wieder-holte er ständig und meinte den Zeugen. „Er sagte, dass er seine Arbeit verlieren würde, wenn er zu spät käme. Aus welchem Grund hätte ich ihn festhalten können? Seine Aussage hatte er zu Protokoll gegeben. Meine Männer sind schon los und überprüfen seine Angaben."

Erst nach und nach konnte Jansen den Aus-führungen des Kollegen das Wichtigste entnehmen Der Mann war hypernervös. Wahrscheinlich der erste Fall dieser Art in seinem Revier, sagte sich Jansen.

„Der Zeuge hat so präzise Aussagen gemacht, dass ich vermuten muss, dass es sich um eine vergrabene Leiche handelt. Deshalb habe ich auch gleich das Kommissariat in Schwerin benachrichtigt", setzte er fort.

Zum Schluss erfuhr Jansen noch, dass ein zufällig anwesender Gerichtsreporter, der in einer anderen An-gelegenheit auf dem Revier gewesen war, die Aussage des Zeugen aufgeschnappt hatte und wahrscheinlich nun auch zum angeblichen Fundort der Leiche unterwegs war.

„Besser konnte es nicht laufen, was?" Jansen hätte platzen können. „Haben Sie einen Mann, Kollege, der uns den Weg zum Lütjensee zeigen kann?", fragte er, barscher als er es eigentlich wollte. „Und schicken Sie bitte nach dem Zeugen. Ich hoffe, Sie haben seine Arbeitsstelle notiert. Ich will ihn sprechen, sobald wir zurück sind."

Nach einer viertelstündigen Fahrt hielt der Streifenwagen, der den Kommissaren vorausgefahren war, am Rande eines kleinen Wäldchens an. Zwei andere Polizeifahrzeuge standen schon dort.

„Nur noch den Pfad dort entlang, dann kommen Sie unweigerlich zum See", teilte der Polizist aus dem heruntergelassenen Seitenfenster den Kommissaren mit. Zum Abschied nickte er kurz herüber, wendete den Wagen und brauste, eine Staubwolke hinter sich lassend, davon.

Jansen und Borchardt folgten einem kaum erkennbaren Weg durch ein Wäldchen, das dicht mit Unterholz und Büschen zugewachsen war. Hinter einer Biegung verwehrte ihnen ein Polizist das Weiter-kommen. Sie wiesen ihre Ausweise vor.

„Wer ist Ihr Vorgesetzter hier?", fragte Jansen.

„Polizeiobermeister Taubert", bekam er zur Antwort. – „Hey Kalle! Zurück! Du bleibst mir hier!", wies der Wachmann mit einer energischen Geste einen Mann, der anscheinend durch das Dickicht an ihm vorbei wollte, zurück. Gleichzeitig gab er den Kommissaren den Weg frei.

„Reporter", sagte er auf den Mann deutend und rollte mit den Augen.

Die Kommissare schritten den Pfad weiter entlang und erreichten schließlich eine kleine Lichtung direkt am Wasser, auf der ein mittelgroßes Holzhaus stand. Mit Interesse inspizierte Borchardt das Haus, welches eher einer Hütte glich. Offensichtlich hatte sie die besten Tage hinter sich. Am Dach und an den Wänden waren notdürftige Reparaturen zu sehen und das Holz hatte einen Neuanstrich bitternötig. Im Gegensatz zum bedürftigen Zustand des Hauses war drum herum alles sorgfältig aufgeräumt.

An so einem Ort würde ich gerne meinen Lebensabend verbringen, ging es Jansen durch den Kopf, während er auf das Ufer zuging, da kann man vom Bett gleich in den See springen und die Angel vom Liegestuhl aus ins Wasser halten. Welch eine Ruhe und welch eine Aussicht.

Die Aussicht auf das Wasser versperrten ihm jetzt allerdings zwei Polizisten. Sie standen an einen etwa ein mal zwei Meter großen Beet. An sich nichts Ungewöhnliches, wenn in dem Beet nicht ein großes Holzkreuz und davor ein brennendes Kerzenlicht gesteckt hätte, ähnlich den Kerzen, die am Totensonntag auf die Gräber gestellt werden.

Jansen ging auf den Mann zu, der ihm am nächsten stand. „Polizeiobermeister Taubert?"

„Das bin ich", entgegnete ein großgewachsener blonder Mann von der anderen Seite des Beetes, Jansen stellte sich und Borchardt vor und fragte nach dem Stand der Dinge.

„Tja, ist eine komische Sache", begann Taubert. „Also, die Hütte wird von Heiko Kremer bewohnt. Er ist nicht hier. Ich habe schon zwei Leute losgeschickt. Sie suchen die Umgebung ab. Außerdem habe ich die Spurensuche angefordert, denn das hier ist vielleicht kein Hundegrab", sagte er und deutete auf das Beet.

Jansen war zufrieden. Anders als sein fahriger Vorgesetzter aus der Wache schien Taubert alles im Griff zu haben.

„Was können Sie mir über diesen Ort und diesen Heiko Kremer sagen?"

„Eigentlich nicht viel. Lebt hier, besser gesagt, hat sich hierhin verkrochen, nachdem vor einigen Jahren sein Bruder getötet wurde. Schlägt sich mit Gelegenheitsarbeiten durch, wenn er nicht gerade betrunken ist. Man kann ihn als Quartalstrinker bezeichnen, soweit ich das beurteilen kann."

„Sein Bruder? Getötet? Was war geschehen?"

„Eine tragische Sache. Heiko war dabei, als es passierte und konnte nicht helfen. Die beiden waren unzertrennlich."

„Waren Sie schon in der Hütte", erkundigte sich Jansen weiter.

„Nein, wir waren nur an der Tür und haben durch die Fenster geschaut, um zu sehen, ob Heiko drin ist. Die Hütte ist nicht verschlossen. Wegen der Spuren-sicherung waren wir nicht reingegangen."

Der Polizist, der die Absperrung im Wald bewacht hatte, kam nun eilig auf Taubert zugelaufen.

„Ich glaube, es gibt Ärger", rief er, noch bevor er angekommen war. „Ich habe mitgekriegt, wie Kalle seine Redaktion angerufen hat. Er teilte ihnen mit, dass er an einer großen Sache dran sei und sie sollten versuchen, alles über Heiko Kremer herauszufinden."

„Scheiße!", entfuhr es Taubert. „Kalle Ramelow", erklärte er Jansen zugewandt. „Er ist Reporter des Ostseeboten. Er hat auf der Wache Ipsens Aussage mitbekommen und dass wir dies hier untersuchen." Er wies auf das angebliche Grab.

„Ja, wir haben davon gehört", bemerkte Jansen.

„Ich fürchte jetzt, er war schon vor uns am Haus und hat gesehen, was hier los ist", warf der Polizist aus dem Wald ein. „Mit ihren Handys sind die von der Presse besser ausgestattet als wir. Bei uns hat nur der Dienststellenleiter ein Handy, der es natürlich dringender braucht."

Der bittere Ton in der Stimme des Kollegen war nicht zu überhören.

„Jetzt schäm ich mich ja fast, Ihnen meins anzubieten." Jansen hielt Taubert sein Nokia hin.

Mit einem Lächeln nahm Taubert das Handy entgegen. „Dann brauch ich nicht erst zum Wagen laufen", erklärte er zur Entschuldigung. „Ich will nur die Wache informieren."

Borchardt kam von seinem Rundgang um die Hütte zurück. „Wissen Sie Chef, irgendwas stört mich hier. Das ergibt keinen Sinn. Wieso sollte ein Mörder sein Opfer vor seiner Haustür vergraben und das Ganze auch noch mit Blumen und einem Kreuz und einer brennenden Kerze versehen?"

Schon seit zwei Tagen war Heiko Kremer unterwegs. Ihn hatte wieder einmal das Elend gepackt, wie er die Stimmung nannte, die er mit Alkohol abtöten musste. Gestern Nacht war er in der *Volkskammer* gelandet. Das war seine Lieblingskneipe. Sie war immer voller Touristen, vorzugsweise aus dem Westen, und steckte voller DDR-Devotionalien. Eine Wand war mit alten Werbeschildern und alten politischen Symbolen gepflastert. Überall standen Regale voll mit typischen Konsumartikeln aus der Vorwendezeit, und über der Eingangstür war eine Uniform der Volkspolizei drapiert. Die Kneipe hatte bis spät in die Nacht hinein geöffnet. Manchmal, wenn der Wirt genug Umsatz erwarten konnte, sogar bis über die Sperrstunde hinaus. Gestern war so eine Nacht.

„Hey Wirt, geben Sie dem Heiko noch einen auf meine Rechnung."

Der Wirt schenkte nur Doppelte ein. Wie in alten Zeiten. Die kleinen Pinnchen, die heutzutage üblich sind, seien doch nur was für den hohlen Zahn, war Heikos Bemerkung, wenn er das Glas vor sich stehen hatte. Als Gegenleistung für den Schnaps – Heiko war stets bemüht, seine „Schulden" zu begleichen – beglückte er die Touristen mit „wahren Geschichten" aus dem DDR-Alltag. So kam jeder auf seine Kosten: Mit Informationen aus anscheinend erster Hand fuhren die Wessis zufrieden nach Hause, und Heiko hatte den Nachschub, den er brauchte, um den Kampf gegen seine

Erinnerungen zu bestehen.

Ein Holzhäuschen auf dem Spielplatz im Lindengarten war danach seine Übernachtungsadresse geworden. Vor der schon einsetzenden nächtlichen Herbstkälte bot es ausreichend Schutz. Früh am nächsten Morgen war er pünktlich zur Öffnung des Kiosks am Bahnhof aufgewacht. Etwas Geld hatte er noch. Das reichte für den ersten Sprit des Tages. Danach wusste er schon, wo er sich seine nächste Portion Alkohol abholen konnte.

Zielstrebig, soweit man das in seinem Zustand sagen konnte, machte er sich gegen Mittag auf den Weg in Richtung Werft.

„Na Heiko, mal wieder auf Tour?", empfing ihn der Pförtner der Werft. Er kannte Heiko seit mehr als dreißig Jahren, seit der auf der Werft seine Lehre begonnen hatte, bevor er sie anscheinend ohne Grund abbrach. „Du hast Glück, Helga hat gerade aufge-macht."

Wenn Heiko vor seinem Pförtnerhäuschen auf-tauchte, wusste er, wohin der Junge wollte. Er wies auf einen Flachbau auf der anderen Straßenseite, gegenüber dem Werfteingang. Dort hatte Helga Sievers eine eigene kleine Speisegaststätte aufgemacht, nachdem sie nicht lange nach der Wende wegen Personaleinsparung in der Werftkantine entlassen worden war.

„Das Glück ist mit den Tüchtigen", antwortete Heiko, der seine Tüchtigkeit anscheinend in der Bekanntschaft mit Helga sah. Von Helga versprach sich Heiko jedenfalls einen oder mehrere Schlucke aus einer Flasche, die sie immer für ihn bereithielt.

Zur gleichen Zeit klapperte Kalle Ramelow die ihm bekannten Kneipen der Stadt ab. Die meisten hatten allerdings noch geschlossen. Seitdem er durch Zufall die brisante Information an der Wache mitbekommen hatte, fieberte er vor Aufregung.

Reporter des Ostseeboten spürt
langgesuchten Mörder auf.

Den Aufmacher sah er bereits vor seinen inneren Augen. Und unter dem Artikel würde sein Name stehen.

Doch bis jetzt hatte er keinen Erfolg bei der Suche nach dem angeblich langgesuchten Mörder. Dumm war nur, dass der Polizist an der Absperrung sein Gespräch mit der Redaktion mitbekommen hatte. Zum Glück hatte der nicht bemerkt, dass er von der Hütte kam und nicht dahin wollte. War schon richtig, dass er den Wagen nicht vorne am Weg abgestellt hatte, sondern versteckt hinter der nächsten Kurve.

Er musste sich beeilen. Heiko wollte er vor der Polizei finden. Ein gutes Foto, ein paar Details aus seinem Leben, vielleicht sogar nähere Hinweise auf das mysteriöse Blumenbeet, das er draußen am See auch entdeckt und natürlich fotografiert hatte. Danach konnte er Heiko mit gutem Gewissen der Polizei übergeben. Er musste ihn nur vor den Bullen finden.

Sein Handy klingelte.

„Hey Melanie, hast du was rausgefunden?"

Seine Volontärin kannte sich bestens aus in Wismar und hatte wesentlich mehr Verbindungen als er, den es erst nach der Wende aus Chemnitz hierhin verschlagen hatte.

„Es gibt eine Tante, Frederike Kremer, die wohnt in der Badgasse fünfzehn", war die Antwort.

„Prima Mädchen! Ich werde nicht vergessen, dich lobend zu erwähnen", säuselte Kalle zufrieden und legte auf.

Die Badgasse war eines der kleinen Gässchen, die es besonders in der Gegend des Hafens und entlang der ehemaligen Stadtmauer gab. Prächtige Giebelhäuser waren hier nicht gebaut worden. Die schmalen, kleinen Häuschen in den Gassen zeugten eher von Handwerkern und Kleinbürgern.

Auf dem Weg dorthin überlegte Kalle, wie er sein Kommen erklären könnte. Die Tante weiß sicher noch nichts von dem Verdacht, der auf ihrem Neffen liegt. Hoffentlich ist sie nicht zu misstrauisch. Er musste zweimal klingeln, bevor sich die Tür öffnete.

„Frau Kremer?"

Die ältere Dame, die mit frisch onduliertem Haar und einem offenen Lächeln vor ihm stand, schätzte er auf Mitte siebzig. Na, das wird keine schwere Sache werden. Er hielt den rechten Arm angewinkelt vor seiner Brust und verbeugte sich leicht. Damit kam er bei älteren Frauen immer gut an.

„Mein Name ist Karl Ramelow, ich komme vom Ostseeboten."

Kalle hielt ihr seinen Presseausweis hin. Den sollte sie ruhig ausführlich studieren – schafft Vertrauen, dachte er sich. Doch Friederike Kremer schaute den Ausweis nicht einmal an.

„Ich möchte Sie nicht lange stören", fuhr Kalle fort. „Sie sind doch die Tante von Heiko Kremer? Ihn müsste ich sprechen, da ich ihm eine äußerst erfreuliche Nachricht überbringen kann. Ist er zufällig bei Ihnen? In seinem Haus am Lütjensee war er nicht anzutreffen."

„Nein", gab Tante Frieda bereitwillig Auskunft. „Bei mir ist er nicht. Welche Nachricht haben Sie denn für ihn?"

„Er hat den Hauptgewinn unseres Sommerpreisausschreibens gewonnen", log Kalle und hoffte, dass die alte Dame nicht wusste, dass es beim Ostseeboten kein Sommerpreisausschreiben gegeben hatte.

„Ach, das ist aber eine Überraschung! Das wird ihn freuen. Der Junge hat in seinem Leben schon so viel Pech gehabt, da muss das Glück ja mal kommen."

Tante Friedas Lächeln wurde immer breiter. Sie fragte nicht einmal, woraus der Hauptpreis bestand, so sehr freute sie sich über das Glück ihres Neffen.

„Können Sie mir eventuell sagen, wo ich Heiko finden kann? Wo arbeitet er?"

„Ach, junger Mann! Das ist ja das Pech. Aber kommen Sie doch bitte rein. Hier, zwischen Tür und Angel kann man das nicht besprechen."

Sie trat beiseite, sodass Kalle in das Haus eintreten musste, wollte er nicht unhöflich sein.

„Ich mache uns schnell einen Kaffee. Sie trinken doch wohl auch einen, oder?"

So viel Entgegenkommen hatte Kalle gar nicht erwartet. Die Aussicht auf Informationen aus erster

Hand über Heiko Kremer war verlockend nah. Er hoffte nur, dass er nicht zu viel Zeit verlieren würde und dass die Polizei Heiko in der Zwischenzeit nicht erwischte.

Nachdem die Spurensicherung an der Hütte angekommen war, hatte Jansen Borchardt mit der Bemerkung zurückgelassen, dass man erst einmal wissen müsse, ob dort überhaupt ein Mensch begraben sei, und wenn, ob es Jürgen Engeler sein kann, bevor er zurück zur Wache fuhr.

Für die Dauer der Untersuchungen in Wismar hatte man den Kommissaren ein Büro zugeteilt, in dem schon der Zeuge auf seine Befragung wartete.

Er wohne am gegenüberliegenden Ufer, teilte er Jansen mit, und er sei damals zum Angeln mit seinem Ruderboot auf dem See gewesen. Dabei war ihm aufgefallen, dass Heiko Kremer irgendetwas vor seiner Hütte gebuddelt habe. Er habe Heiko einen Gruß zugerufen und spaßeshalber gefragt, welchen Kadaver er denn dort vergrabe? Nichts würde er vergraben, sei die Antwort gewesen. Dann sei Heiko in seiner Hütte verschwunden.

Jansen wollte wissen, was der Zeuge genau gesehen habe.

„Na, eigentlich nicht viel", antwortete Ipsen. „Das Ufer ist ja relativ dicht mit Schilf bewachsen. Ich war aber so nah mit meinem Boot, dass ich deutlich frisch aufgeworfene Erde sehen konnte."

Später, als er die Suchmeldung gehört habe, war ihm erst wieder bewusst geworden, was er noch gesehen hatte: Heiko war wieder aus dem Haus gekommen und hatte in seinem Arm ein Kreuz getragen.

„Wissen Sie noch, an welchem Tag Sie die Beobachtung gemacht haben?", war Jansen Frage.

„Na, da fragen Sie mich was! Es muss zwei, drei Tage vor dem achtundzwanzigsten Juni gewesen sein. Am achtundzwanzigsten endete nämlich mein Urlaub, und die letzten drei Tage war ich täglich zum Angeln draußen, habe aber nie was gefangen, weshalb ich Ihnen auch keinen genauen Tag angeben kann."

Jansen verabschiedete den Zeugen und setzte sich dann mit Kollegen Winkler zusammen, der ihn aufgrund seiner Kenntnisse über die Stadt im Allgemeinen und den Kremers im Besonderen unterstützen sollte. Jansen kannte Winkler von früher. Winkler war damals Offizier im Betriebsschutz. Sie hatten vor der Wende einige Male miteinander zu tun gehabt. Jansen hatte ihn als integren Kollegen kennengelernt. Dass er jetzt im Rang eines Haupt-meisters, nicht aber Revierleiter war, verwunderte Jansen. War er doch nicht mit ganz reiner Weste durch die Prüfung für eine Weiterbeschäftigung gekommen?

Auf Jansens Nachfrage, was Winkler ihm über Heikos Vergangenheit berichten könne, war der mit seiner Schilderung beim Todestag von Harald Kremer angekommen.

„Harald war so etwas wie ein Wendeopfer."

„Wieso Wendeopfer?"

„Na ja. Die beiden Brüder waren immer sonderbar.

Schon zu Ostzeiten. Man hielt sie für verrückt, aber absolut harmlos. Sie redeten angeblich nur wirres Zeug über die Partei. Allerdings, wenn man genau hingehört hätte, steckte ein wahrer Kern in dem Gerede. Nach der Wende redeten sie genauso. Nur diesmal mit anderen Vorzeichen. Jetzt wetterten sie gegen die neue Wirtschaftsform. Das hat nicht jedem gepasst. Und eines Tages gerieten sie an den Falschen, und Harald, der Bruder, blieb auf der Strecke. Heiko musste mitansehen, wie ein Kerl hemmungslos auf den Bruder eingeschlagen hatte. Der ist dann auch noch unglücklich gefallen, sodass er an den Folgen starb. Seitdem hat sich Heiko nie wieder richtig gefangen."

Jansen nickte leicht mit dem Kopf, als schien er damit seine Anteilnahme ausdrücken zu wollen.

„Der Schläger war zu zweieinhalb Jahren verurteilt worden", berichtete Winkler weiter. „Eine angeblich vorübergehende Affektive Störung hat ihn vor einem höheren Strafmaß bewahrt. Er wurde vorzeitig entlassen. Ich will dir mal was sagen", fuhr er mit Bestimmtheit fort, „wenn die Strafen zu Ostzeiten ganz sicher zu drakonisch waren, empfinde ich sie jetzt manchmal als zu lasch. Heiko trauert noch heute um seinen Bruder."

„Erzähl mir, was für ein Mensch ist der Heiko Kremer?"

„Tja, wie soll ich ihn beschreiben. Heiko ist erst einmal herzensgut. Das war sein Bruder auch. Beide hätten glänzende Karrieren machen können, sie waren außergewöhnlich intelligent. Aber sie waren auch naiv und glaubten an die Macht des Wortes. Das gepaart mit ihrem Intellekt brachte sie immer im Widerspruch zum

144

System. Du glaubst nicht, wie oft ich die beiden herausgehauen habe, wenn sie ihre Wahrheiten mal wieder zu laut verkündet hatten."

„Der Schläger? Wohnt der hier?"

„Nein, gleich nachdem er seine Strafe verbüßt hatte, ist er in den Westen gezogen. Die beiden, Heiko und er, sind sich meines Wissens nicht wieder begegnet. Wenn du in diese Richtung denkst, kann ich das nachprüfen lassen.

„Erst mal nicht", winkte Jansen ab. „Wir warten ab, was die am See herausfinden. Dein Kollege sagte, Heiko sei ein typischer Quartalstrinker?"

„Das schon. Aber er ist nicht gewalttätig, was ja wohl den Quartalstrinkern nachgesagt wird."

„Das Bild, das du mir von ihm zeichnest, und das, was ich am Teich gesehen habe, passt wirklich nicht zu einer Gewalttat. Wenn da draußen tatsächlich ein Mensch liegt, dann sieht mir das eher nach einer Bestattung und ständigem Gedenken aus. Wo könnte der Heiko jetzt stecken?"

„Ich werde in der Funkzentrale nachfragen. Mal sehen, was die Kollegen von der Liste schon erledigt haben."

Auf der Liste, die Winkler hatte aufstellen lassen, standen die Adressen, die Heiko Kremer möglicherweise aufsuchen würde. Zwei Polizisten fuhren die Liste ab, in der Hoffnung, Heiko irgendwo anzutreffen. Es waren hauptsächlich Kneipen und Gaststätten, daneben ehemalige Schulfreunde und frühere Arbeitskollegen. Und ganz unten, an letzter Stelle stand: Friederike

Kremer, Badgasse fünfzehn, Tante.

„Die Kollegen waren gerade in der Volkskammer", verkündete Winkler, als er zurückgekommen war. „Heiko war in der vergangenen Nacht dort gewesen und hatte, so sagte der Wirt, die Touristen breit-geschlagen, ihm Schnaps zu spendieren. Er vermutet, dass Heiko an Abend wiederkommt, wenn er seine Kneipe öffnet."

Zehn Minuten später war Borchardt eingetroffen und informierte seine Kollegen über das vorläufige Ergebnis der Spurensicherung.

„Es ist eine Art Pseudobestattung. Da liegt kein Mensch drin, nicht einmal eine Maus. Es ist auch keine Grube gemacht worden, es ist wirklich nur ein Beet, zwar skurril dekoriert, aber ein Beet."

„Wie ungewöhnlich." Jansen war etwas ratlos.

„Wahrscheinlich doch nicht", warf Winkler ein. „Passt irgendwie zu Heiko. Wie du schon sagtest, vielleicht im Andenken an seine Bruder?"

„Vielleicht. Aber warum erst jetzt? Das ist alles doch frisch aufgeworfen", warf Borchardt ein.

„Was ist mit der Durchsuchung der Hütte?", wandte sich Jansen an Borchardt.

„Zuerst war nichts Auffälliges entdeckt worden. Die Hütte war recht aufgeräumt. Kremer scheint ein ordentlicher Mensch zu sein. Aber dann doch eine Überraschung. Sie fanden ein beflecktes Sofakissen. Es wird untersucht. Kann alles Mögliche sein, aber auch Blut."

„Müssen wir abwarten", war Jansens Kommentar.

„Aber das ist noch nicht alles. In dem kleinen Wäldchen haben die zwei Kollegen, die nach Heiko suchten, eine fast skelettierte Leiche entdeckt."

Während Jansen und Borchardt mit Winkler zusammensaßen, ließ sich Kalle Ramelow von Tante Frieda verwöhnen.

Erst gab es Kaffee mit selbst gebackenen Plätzchen. „Die habe ich immer im Haus, falls Besuch kommt", erklärte Tante Frieda dem Reporter. Dann einen kleinen Pflaumenlikör, der zu Kalles Überraschung gar nicht spritig schmeckte, von dem er gerne noch ein Gläschen genommen hätte, der aber laut Tante Frieda für Weihnachten gedacht war und deshalb wieder in den Schrank wanderte.

Die ganze Zeit erzählte sie von Heiko und natürlich auch von seinem Bruder.

„Der Junge ist nicht schlecht. Nur manchmal, wenn sein Elend wieder von ihm Besitz ergreift, fängt er an zu trinken. Zu mir kommt er dann nicht. Das macht er mit sich alleine aus. Dabei bin ich seine einzige Verwandte. Ach, wie gerne möchte ich ihm helfen. Nach der Wende dachte ich, es wird besser. Aber nein, es wurde schlimmer."

Das Leben der Brüder breitete sich immer deutlicher vor Ramelow aus. Zwischendurch fragte er, ob er sich ein paar Notizen machen dürfe. Er meinte, dass es gut passen würde, den Hauptpreisgewinner mit einem längeren Artikel zu würdigen.

147

„Von so einem Lebensweg wird jeder Leser ergriffen sein", köderte er Tante Frieda, die immer noch nicht nach dem gewonnenen Preis gefragt hatte.

„Die Trinkerei hat Heiko erst nach Haralds Tod angefangen. Er ist kein Alkoholiker, nicht, dass Sie das glauben. Das kommt über ihn wie ein Gewitter. Wochenlang nimmt er keinen Tropfen zu sich. Aber dann braut sich etwas in ihm zusammen. Ich merke es immer daran, dass er samstags nicht mehr zum Essen kommt."

„Haben Sie mal bemerkt, dass er gewalttätig wird?"

„Wo denken Sie hin!" Tante Frieda war nicht wirklich empört. Wie Heiko, vermutete auch sie bei anderen Menschen nichts Böses.

„Einmal allerdings war er unschön zu Nofretete. Aber das war, nachdem er gehört hatte, dass der Maik nur zu zweieinhalb Jahren verurteilt worden war. Deshalb habe ich ihm das verziehen. Der Katze ist nicht viel passiert, und er hat auch gleich aufgehört, als ich ihn ausgeschimpft habe."

Um halb eins fragte sie, ob er nicht auch Hunger habe. Sie würde jetzt die Kartoffeln aufsetzen. Mit dem Anflug eines schlechten Gewissens entschuldigte sich Ramelow, ihre Zeit so lange in Anspruch genommen zu haben. Er habe nur noch die eine Frage, die er ja schon zu Anfang gestellt hatte: Wo ist Heiko zu finden?

„Wo denken Sie hin", entgegnete Tante Frieda, seine Frage ignorierend. „Sie essen natürlich mit. Ich habe noch Mecklenburger Rippenbraten vom Sonntag. Den mögen Sie doch, oder?"

„Nur wenn er so gut ist wie der Pflaumenlikör", machte der Reporter den lahmen Witz.

Und dann war es schon fast drei Uhr, als Tante Frieda endlich auf die wiederholte Frage nach Heikos Aufenthalt einging.

„Wo könnte er sein? Sicher in einer Kneipe, denn wenn er trinkt, braucht er immer Gesellschaft", erklärte sie und schaute angestrengt ins Leere.

„Jetzt weiß ich´s!", rief sie und schlug sich vor die Stirn. „Bei der Helga wird er sein! Ja, die Helga. Sie ist eine alte Freundin aus Werftzeiten."

Der letzte Gast war gegangen. Ohne große Eile sammelte Helga Sievers die benutzten Teller und Gläser ein und brachte sie in die Küche. Dann begann sie die Tische zu säubern und die Gaststube auszufegen. Der Mittagstisch heute war gut besucht gewesen. Sicher 25 Gäste waren gekommen. Eigentlich kamen keine wirklich fremden Gäste in ihre Kantine. Sie kannte alle aus ihrer Zeit in der Werft, und dass die Männer und Frauen nun bei ihr Mittag machten, rechnete sie ihnen hoch an.

„Hey Heiko", rief sie über die Schulter der Gestalt zu, die schwankend auf einem Barhocker am Ende des Tresens saß und sich nicht entscheiden konnte, ob sie runterfallen oder doch sitzen bleiben sollte. Mit dem Blick, der Betrunkenen eigen ist, starrte Heiko auf das vor ihm stehende leere Glas.

„Helga, hast du bitte noch einen für mich?", bettelte er. Heiko war glücklich. Heute waren alle freundlich zu ihm, und spendabel zeigten sie sich auch.

„Wie wär's, wenn du eine Pause einlegst und ein Nickerchen machst", schlug Helga vor. „Komm, leg dich hinten auf das Sofa. Ich wecke dich, wenn ich hier fertig bin."

„Du bist eine gute Seele. Weißt du, dass du meine beste Freundin bist?"

„Klar, Heiko, das weiß ich." Mit sanfter Gewalt versuchte sie, ihn vom Hocker zu ziehen. Endlich stand er neben ihr. Sie nahm ihn fest am Arm und bugsierte ihn in Richtung hinteres Zimmer.

„Ich muss mal für kleine Jungen", lallte Heiko, als sie an der Toilettentür vorbeikamen. „Das kann ich aber alleine." Er grinste und blickte sie an wie ein Honigkuchenpferd.

Einen Augenblick lauschte Helga, ob es Heiko hinter der Tür gut ging, dann stellte sie das Radio lauter und begann wieder mit ihrer Arbeit.

„Schönen guden Dach! Wie geht's meiner scheenen Verflossenen?", sächselte es auf einmal hinter ihr.

Die Stimme kannte Helga nur zu gut: Kalle Ramelow.

„Was willst du denn hier?" Angriffslustig drehte sie sich um. In der einen Hand den Besen, die andere in die Seite gestemmt.

„Keine Angst, ich komme nicht wegen dir. Aber ich wusste gleich, dass du es bist, als mir die liebe Frau Kremer deinen Namen nannte. Ihr war allerdings dein

Nachname entfallen. Doch als sie von einer guten Köchin sprach und die Werft erwähnte, da wusste ich, das konntest nur du sein."

„Du kommst bestimmt nicht wegen der alten Zeiten. Los, sag, was du willst, und dann verschwinde!" Ein ungutes Gefühl beschlich sie. Sie ahnte, dass er nicht mit einer frohen Botschaft gekommen war.

„Ich suche Heiko Kremer."

Ramelow versuchte es mit der Lüge, die schon bei Frau Kremer angekommen war: „Er hat den Hauptgewinn in unserem Sommerpreisausschreiben gewonnen. Ich will ihn nur dazu interviewen."

„Tisch mir doch nicht solchen Schwachsinn auf!"

Helga hoffte inständig, dass Heiko noch eine Weile mit sich beschäftigt ist und leise sein würde.

„Er ist nicht hier, oder siehst du ihn vielleicht?"

„Hier nicht, aber eventuell auf deinem Sofa hinten?", feixte er, schob sie sanft beiseite und steuerte auf den Raum hinter dem Tresen zu.

Nach einem Augenblick kehrte er zurück, nicht mehr so siegesgewiss wie vorher. In diesem Moment ging die Spülung der Toilette, und wenige Sekunden später machte Heiko die Tür auf und prallte direkt mit Kalle zusammen.

„Oh, Verzeihung!" Erschrocken versuchte Heiko an Kalle vorbeizukommen, der sich ihm aber in den Weg stellte.

„Hallo! Wen haben wir denn da? Willst du einen mit mir trinken?", stellte Ramelow die beste Frage, die man

Heiko in diesem Moment stellen konnte.

„Aber klar doch!"

„Heiko, du wolltest doch ein Nickerchen machen?",
versuchte Helga, ihn auf andere Gedanken zu bringen,
und zu Kalle: „Du verschwindest besser, ehe ich ..."

„Ehe was?", unterbrach Kalle sie. „Ehe du die Polizei
rufst? Das glaube ich kaum. Aber sie wird kommen."

Helga schaute ihn verständnislos an.

„Tja, mein Mädchen. Wusstest du nicht, dass du einen
gesuchten Mörder beherbergst. Der Heiko hat draußen
am See einen vergraben. Die Polizei wird sicher bald hier
sein."

Nur einen Augenblick war Helga sprachlos, dann
wetterte sie los:

„Du Saukerl!" Du schreckst auch vor nichts zurück,
um an eine Story zu kommen. Das Einzige, was du
kannst, ist, Lügen in die Welt setzen. Du bist und bleibst
ein Arschloch!"

Auf dem Polizeirevier besprachen Jansen, Borchardt
und Winkler ihr weiteres Vorgehen, als Borchardts Blick
zufällig auf eine Kopie der Adressenliste fiel. Weder
Jansen noch Winkler hatten sich die Mühe gemacht, die
Liste durchzulesen, bevor die Kollegen im Streifenwagen
sie erhalten hatten.

„Was sagt denn seine Tante?" Borchardt deutete auf
das Blatt in seiner Hand. „Weiß die, wo er sein könnte."

Winkler schlug sich mit der flachen Hand vor den Kopf. „Ich Trottel! Natürlich, die muss zuerst befragt werden. Da müssen wir hin."

In der Badgasse angekommen, versuchte Winkler so behutsam wie möglich Tante Frieda die Lage zu schildern, in der sich Heiko befand. Jansen und Borchardt hielten sich im Hintergrund.

Tante Frieda schien die Tragweite dessen, was Winkler erklärte, nicht ganz zu begreifen.

„Nein, da hat der Heiko nichts mit zu tun", sagte sie im Brustton tiefster Überzeugung.

„Frau Kremer, war Heiko heute bei Ihnen?"

„Nein, heute nicht und die letzten Tage auch nicht. Ihm scheint es nicht gut zu gehen", versuchte sie die Trinkerei ihres Neffen zu beschönigen. „Dann kommt er nicht zu mir."

„Und wo könnte er jetzt sein. Wissen Sie vielleicht, wo wir ihn finden könnten?"

„Versuchen Sie es bei der Helga. Von der sagt er immer, sie sei seine beste Freundin."

„Und wo wäre diese Helga zu finden?", mischte sich Jansen ein. „Haben Sie auch den Nachnamen?"

„Nein, der ist mir entfallen. Aber sie hat eine Kantine gleich neben dem Eingang der Werft.

„Ich weiß, wer das ist", sagte Winkler zu Jansen. „Helga Sievers. Früher arbeitete sie in der Werkskantine der Werft, jetzt in einer eigenen Gaststätte."

„Dahin habe ich den Reporter vom Ostseeboten auch geschickt", erzählte Tante Frieda weiter.

„Wie bitte?" Jansen hoffte, sich verhört zu haben.

„Ja, das ist ja das Tragische", jammerte Tante Frieda. „Erst diese gute Nachricht, dass er den Haupt-preis gewonnen hat, und nun soll er so was Schreckliches getan haben. Dem Jungen bleibt aber auch nichts erspart."

Verdammt, ging es Jansen durch den Kopf, früher kamen uns Reporter nicht in die Quere.

„Wenn Sie den Mann von der Zeitung treffen, sagen Sie ihm nicht, warum Sie Heiko sprechen wollen", bat Tante Frieda noch. „Das gehört nicht in die Zeitung."

Die drei Beamten verabschiedeten sich.

„Die Frau ist aber naiv", bemerkte Borchardt, als sie im Wagen saßen und auf den Weg zur Kantine waren.

„Ja, und genauso ist Heiko", erwiderte Winkler. „Und sein Bruder war auch so. Sie können einfach nicht glauben, dass Menschen auch mal keine guten Absichten haben. Deshalb fällt es mir so schwer zu glauben, dass er einen Menschen umgebracht haben könnte."

In der Kantine, die Winkler etwas übertrieben als Gaststätte bezeichnet hatte, ging es derweilen heftig zur Sache.

Helga war mit ihrer Schimpftirade noch nicht zu Ende. Mit dem Besen, den sie immer noch in der Hand hielt und mit vor Wut hochrotem Kopf stürmte sie auf Kalle zu.

„Raus! Raus mit dir! Ich will dich hier nicht sehen! Du ekelst mich an! Mach, dass du verschwindest!"

Kalle fing die Attacke ohne Probleme ab, rang ihr den

Besen aus der Hand und richtete ihn seinerseits gegen sie. Erschrocken wich Helga zurück.

„Nun mal langsam Mädchen. Spiel dich nicht so auf. Ich will doch nur ein paar Bilder von deinem Liebsten machen", frotzelte er.

„Er ist nicht mein Liebster. Er ist aber tausendmal mehr wert, als du es jemals sein könntest." Aufgebracht griff sie nach dem erstbesten Gegenstand neben sich auf dem Tisch und schmiss ihn voller Wucht in Kalles Richtung.

Der Blechaschenbecher streifte Ramelow nur leicht am Kopf, doch für einen Augenblick taumelte er. Er ließ den Besen los und mit verzerrtem Gesicht betastete er die schmerzende Stelle. Etwas Blut rann ihm die Schläfe runter.

Das war zu viel für Heiko, der bis jetzt verständnislos dem Wortgefecht der beiden zugehört hatte. Sein Aufschrei glich dem eines gequälten Tieres.

„Nicht streiten!", schrie er in den Raum hinein. Verzweifelt breitete er die Arme aus. Seine Hände ballten sich zu Fäusten, öffneten sich, schlossen sich, öffneten sich wieder. Die Augen voller Entsetzen füllten sich mit Tränen. Helga und Kalle hielten inne.

„Nicht streiten", wiederholte Heiko, diesmal leise, fast geflüstert. Aus ihm war alle Kraft gewichen. Wie in Zeitlupe sank er zu Boden, rollte sich mit angewinkelten Beinen auf die Seite und schlang beide Arme schützend um Kopf und Gesicht. Mit einem Satz war Helga bei ihm, kniete nieder, nahm ihn in ihre Arme und wiegte ihn wie ein Kleinkind.

„Ist nicht so schlimm", versicherte sie. „Sei ruhig, alles wird gut."

Ramelow zückte seine Kamera. Das war genau das Bild, das er haben wollte: Der reuige Täter in den Armen einer Frau. Der Topos von Verzweiflung und Tröstung. Ein ewiges Motiv, gepaart mit einer Geschichte von Mord und Totschlag. Eine bessere Story konnte er sich nicht wünschen. Er verstieg sich wieder in publizistischen Ambitionen: *Reuter, DPA, Agence France Press,* allen Agenturen würde er den Artikel und das Bild anbieten. Damit käme er endlich an die wirklich großen Reportagen.

Ungerührt machte er seine Aufnahmen, umkreiste die beiden am Boden kauernden Gestalten und schoss aus jedem Blickwinkel:

Klick! Klick! Klick!

Es dauerte einen Augenblick, bis Helga die Klickgeräusche mit ihrer Lage in Zusammenhang brachte. Mit einem wütenden Aufschrei sprang sie auf, rannte mit gesenktem Kopf auf Kalle zu, rammte ihm mit aller Wucht ihre Faust in den Magen und riss ihm die Kamera aus der Hand. Noch ehe Kalle sich von dem unerwarteten Schlag erholt hatte, lief sie in die Küche, warf den Fotoapparat in das Spülbecken und drehte den Wasserhahn auf. Wenige Sekunden verblieben ihr, dann hatte Kalle sie erreicht.

„Was machst du? Bist du verrückt?" Wütend packte er sie an der Schulter und riss sie vom Becken weg. Aber noch bevor er den Hahn zudrehen konnte, war sie wieder bei ihm.

„Du machst deine widerlichen Artikel nicht auf

Kosten eines Unschuldigen!"

Verbissen attackierte sie ihn mit ihren Fäusten, getrieben von Enttäuschung, Frust und letztendlich von Trauer über eine zerplatzte Illusion, die Kalle hieß.

Ramelow versuchte, ihre Schläge abzufangen. Zwischen ihnen entspannte sich ein zäher Kampf. Die gegenseitigen Beschimpfungen hatten aufgehört. Nur das Rauschen des Wassers aus dem Hahn und der heftige Atem der beiden Kontrahenten begleitete das ungleiche Gefecht.

Heiko kauerte immer noch am Boden. Nur langsam drang das Ringen zwischen den beiden in sein Hirn. Durch die offene Küchentür sah er zwei ineinander verschlungene Körper. Sie schienen ihm wie ein tanzendes Liebespaar. Doch wo blieb die Musik? Und warum hielt der Mann Helgas Handgelenke fest? Sie wehrte sich doch. Das konnte er genau sehen.

Heiko rappelte sich hoch und lief mit unsicheren Schritten auf das vermeintliche Tanzpaar zu.

„Lass sofort meine Freundin los!"

Kalle hielt Helga fest umklammert, um sich vor ihren wütenden Faustschlägen zu schützen.

„Du sollst sie loslassen!", rief Heiko verzweifelt und bombardierte den Rücken des Reporters mit seinen Fäusten.

Er hatte nicht die Absicht, dem Mann wehzutun. Er wusste nicht einmal, dass er ein Messer in der Hand hielt, noch, woher er es hatte. Wahrscheinlich vom Tisch, an dem er gerade vorbeigekommen war.

„Du sollst sie loslassen!", wiederholte er.

Dann sackte Kalle zusammen.

„Heiko!", schrie Helga auf.

In diesem Moment betraten Jansen, Borchardt und Winkler die Küche.

Im Namen des Volkes

„Hast du eine Zigarette für mich? Ich habe vor vier Jahren aufgehört, aber jetzt könnte ich eine rauchen. Das Urteil macht mich fertig."

Jansen und Winkler standen vor dem Eingang des Landgerichts in Schwerin. Acht Monate waren vergangen, seit sie Heiko in Helga Sievers Kantine endlich aufgespürt hatten.

„Hättest du das gedacht?", begann Winkler.

„Langsam glaube ich, dass Heiko keine Chance hatte."

„Ja, auch weil der Tote aus dem Wald Jürgen Engeler war."

„Er sagte ja auch, dass er den Fremden auf seinem Sofa liegen gesehen habe, aber wie er dahin gekommen sei, wisse er nicht. Er habe sich dann nach draußen gesetzt, und als er wieder in die Hütte gegangen sei, war der Mann nicht mehr da. Er habe ihn nicht einmal gekannt. Das Ganze ist schon ungewöhnlich", bemerkte Winkler.

„Die pathologische Untersuchung ergab, dass die Verletzungen am Körper und Kopf wohl nicht sofort tödlich waren", rekapitulierte Jansen, so, als müsse er die Aussagen der Gerichtsverhandlung neu überdenken. „Die am Körper rührten laut dem Gutachten wohl von einem Aufprall her. Wahrscheinlich sei er von einem Auto angefahren worden, seine inneren Verletzungen weisen darauf hin. Das Opfer müsse eine außerordentlich gute Konstitution gehabt haben, sagte der Gutachter auch. Zwischendurch könne er immer wieder das Bewusstsein erlangt haben."

„Kann ich mir gut vorstellen", bemerkte Winkler, „weil er doch fit sein musste für sein Freundschaftsprojekt. Aber dass er auch noch bis zum See laufen konnte, ist schon sehr ungewöhnlich, dem Gutachter nach aber möglich."

„Und was ist mit dem Bluterguss am Kinn?" Jansen verfolgte den Rauch seiner Zigarette. „Laut Gutachten war das ein paar Stunden vorher passiert. Der Staatsanwalt hakte da ein und führte an, dass es vielleicht doch eine Auseinandersetzung zwischen den beiden gegeben hat, denn vor seiner Festnahme habe Heiko ja auch einen Menschen angegriffen. Somit Urteil nach Faktenlage."

„Ja! Und den Teil der Fakten haben wir liefern müssen", bemerkte Winkler mit einem sarkastischen Unterton.

„Hatten wir eine Wahl?"

„Wir nicht. Doch so einer wie Karl Ramelow schon", sagte Winkler, der den Angesprochenen in diesem Augenblick aus der Tür des Gerichtsgebäudes kommen sah.

„So ein Zufall!" Mit ausgestreckten Armen kam Ramelow auf die beiden Polizisten zu. „Gerade habe ich überlegt, dass ich mich bei Ihnen noch gar nicht bedankt habe."

„Wofür?"

160

„Na dafür, dass Sie mir den Verrückten vom Hals geschafft haben. Also! Jetzt ganz offiziell: Meinen herzlichsten Dank, Ihnen beiden." Überschwänglich schüttelte er Jansen und Winkler die Hände, und wie aus dem Nichts tauchte ein Fotograf auf und machte Fotos.

„Dafür nicht. Wir sind Polizisten. Gehört gewissermaßen zu unserer Aufgabe." Dank von Ramelow zu bekommen, war das Letzte, auf das Jansen gewartet hatte.

„Der hätte mich sicher umgebracht. Ich habe schon mein letztes Stündchen kommen sehen."

„Mach mal halblang, Kalle." Winkler und Ramelow kannten sich, seitdem Ramelow in die Stadt gezogen war und dort Lokalreporter wurde. Winklers Sympathien für den Reporter hatten aber seit dessen reißerischer Berichterstattung über Heiko stark nachgelassen. Wochenlang hat das Blatt über den vermeintlich „Verrückten vom See" geschrieben und immer stand Ramelows Name unter dem Artikel.

„Ganz so dramatisch war es wohl nicht – auch wenn deine Zeitung ständig von nichts anderem berichtet hatte", stellte Winkler klar.

„Das ist mein Geschäft."

„Schon mal etwas von journalistischer Sorgfaltspflicht gehört?" Jansen konnte sich nicht zurückhalten. Für ihn stand fest, dass diese Art der Berichterstattung auch zu dem harten Urteil für Heiko geführt hatte. „Und für die Fotos hier", er deutete auf den Kameramann, der immer noch seine Bilder schoss, „wenden Sie sich bitte offiziell an unsere Pressestelle. Die werden Ihnen eine Freigabe erteilen – oder auch nicht."

„Ich sehe", Ramelow wirkte in keiner Weise geknickt, „mein Dank findet nicht die erwartete Zu-stimmung." Er signalisierte dem Fotografen aufzu-hören. „Trotzdem, einen schönen Tag noch."

„Ich begreife nicht, warum die besondere Situation, in der sich Heiko befunden hatte, keine Entlastung bedeutet hat", nahm Winkler das Gespräch wieder auf, nachdem Ramelow aus ihrem Blickfeld verschwunden war.

„Doch, hat sie doch. Allerdings nicht in dem Maße, wie wir es uns vielleicht gewünscht hätten. Dafür hätte der Staatsanwalt nicht ständig auf die Gewalttätigkeit eines Quartalsäufers hinweisen dürfen. Und dass wir aussagen mussten, dass Heiko, als wir in der Kantine eintrafen, dem Kalle Ramelow gerade ein Messer in die Rippen gestoßen hatte, trug auch nicht zu seiner Entlastung bei."

Jansen nahm einen tiefen Zug von der Zigarette. Sofort musste er heftig husten. Er schien sich gerade wieder zu einem Raucher zu entwickeln.

„Sehr gut aber hatte Heikos Gutachter das angebliche Grab erklärt", wand Winkler ein. „Er sagte, für Heiko bedeutete es so etwas wie die Anwesenheit seines Bruders. Heiko habe ihn sich damit quasi zu sich geholt. Dass er das Beet oder Grab oder wie man es nennen soll, erst jetzt, Jahre nach dem Tod des Bruders, angelegt hat, mag mit dem Anblick des Verletzten in seiner Hütte zusammenhängen. Vielleicht ließe sich das auch als letzte Verarbeitung des traumatischen Erlebnisses von damals bewerten. – Hallo, Frau Kremer", unterbrach er sich, als er Heikos Tante erblickte.

Tante Frieda war aus dem Gerichtsgebäude getreten

162

und lief gedankenverloren auf die beiden Polizisten zu. Erschrocken schaute sie auf.

„Ach, Herr Winkler", sagte sie, und nachdem sie auch Jansen zugenickt hatte, setzte sie hinzu: „Danke, dass Sie sich so für Heiko eingesetzt haben", und mit einem Blick auf Jansen: „Ihnen auch meinen Dank. Entschuldigung, mir ist leider Ihr Name entfallen."

Tante Frieda schien um Jahre gealtert. Noch vor Monaten war sie den Beamten wie das blühende Leben vorgekommen. Nun hatten sie eine zusammen-geschrumpfte alte Frau vor sich. Ihr damals wohl onduliertes Haar hatte jeden Glanz verloren. Ihre Augen, die bei der letzten Begegnung voller Lebens-freude sprühten, blickten leer und traurig. Den Kampf mit der Welt, die sich gegen ihren Neffen stellte, schien ihr verloren. Dass sie trotzdem ein paar aufmunternde Worte für Jansen und Winkler übrig hatte machte die beiden verlegen.

„Wie geht es Ihrem Neffen?", erkundigte sich der Kommissar. „Haben Sie mit ihm sprechen können?"

„Sein Anwalt hatte mit ihm gesprochen und versucht, ihm die Bedeutung des Urteils zu erklären", berichtete sie. „Doch ich weiß nicht, ob er es begriffen hat. Ich begreife es selbst nicht. Auf jeden Fall will der Anwalt in Berufung gehen. Heiko ist ein guter Junge, egal was andere sagen."

Die unerschütterliche Treue, mit der sie ihren Neffen durch alle Widrigkeiten des Lebens begleitet hatte, klang aus ihren Worten.

„Kann ich Sie mit nach Hause nehmen?", war Winklers matte Frage.

Sie winkte ab. „Danke für das Angebot, aber ich habe eine Rückfahrkarte."

Hilflos blickten Jansen und Winkler Tante Frieda hinterher, als sie in Richtung der Bushaltestelle ging. Sie steckten sich eine weitere Zigarette an und wandten sich wieder dem Gerichtsgebäude zu.

„Euch hätte ich mehr Courage zugetraut."

Vor ihnen stand Helga Sievers. Sie hatte die Arme in die Seiten gestemmt und fixierte die beiden mit einem herausfordernden Blick.

„Wie bitte?"

„Winkler, du kennst doch Heiko. Wie kannst du so eine Aussage machen?"

„Ach Helga, lass gut sein."

„Nein, lass ich nicht! Auch als Polizist kannst du eine eigene Meinung haben. Und falls du es noch nicht mitbekommen haben solltest: Heutzutage darfst du sie auch vertreten."

Bevor Winkler etwas erwidern konnte, wandte sie sich ab. Nach ein paar Schritten hatte sie Tante Frieda eingeholt. Behutsam nahm sie den rechten Arm der alten Dame und führte sie über die Straße zur gegenüberliegenden Busstation.

Jansen hatte das Gefühl, seinem Kollegen beistehen zu müssen. Stumm legte er eine Hand auf Winklers Schulter.

„Weißt du, worin die Ironie in der Geschichte liegt?", fragte Winkler endlich, und da Jansen nur mit den Schultern zuckte, setzte er mit einem bitteren Ton in der

Stimme fort: „Wir alle haben Heiko und Harald durch die DDR bugsiert und scheitern nun an der Justiz des demokratischen Rechtsstaates."

Schweigend rauchten die beiden Männer ihre Zigaretten zu Ende. Dann gab Jansen Winkler die Hand und ging ohne ein weiteres Wort die Straße hinunter.

Zuletzt

Zufrieden faltete am anderen Morgen ein etwa dreißig Jahre alter Mann den Ostseeboten zusammen. Einzig die Berichterstattung über Heiko Kremers Verurteilung hatte ihn interessiert.

Nun wird es keine weiteren Nachforschungen mehr geben, dachte er. Was für ein Glück, dass so ein debiler Tölpel für den Täter gehalten wurde.

Wochenlang hatte er damals nach der fatalen Samstagnacht erwartet, dass die Polizei bei ihm klingeln und ihn mitnehmen würde.

Später sah er zufällig den Aufruf im Fernsehen und das Bild des Mannes. Dann kam ihm auch die Erinnerung. Das war doch derselbe, den er schon an dem fraglichen Samstag unten am Wasser, auf der Bank hat sitzen sehen? Der Mann war ihm aufgefallen, weil er heftig mit den Schultern zuckte. Er hielt einen Zettel in der Hand, wohl ein Brief. Zuerst hatte er an einen Lachanfall gedacht, weil vielleicht etwas Lustiges auf dem Blatt stand. Dann bemerkte er, dass der Mann von einem Weinkrampf geschüttelt wurde. Eine Weile hatte er unentschlossen überlegt, ob er seine Hilfe anbieten solle. In dem Moment hob der andere sein Gesicht und er schaute in zwei tieftraurige Augen. Peinlich berührt hatte er kehrt gemacht.

Was für ein blöder Zufall, dass der sich auch noch nachts am See rumtreiben musste. Da nimmt man einen Schleichweg, um der Polizei nicht in die Quere zu kommen, und dann läuft so einer mit seinem Weltschmerz durch die Gegend und rennt einem ins Auto.

Ich hätte gut noch rechtzeitig stoppen können, sagte der Mann sich immer wieder. Die Kontrolle über das Auto hätte ich jederzeit gehabt, trotz der paar Biere. Aber der Kerl springt hinter einer Kurve auf die Straße und hat dann noch schwarze Sachen an. Ich hatte überhaupt keine Chance. Doch wer hätte mir das geglaubt?

War schon richtig, gleich am anderen Morgen nach Berlin zu fahren, um den Wagen dort loszuwerden. Ein bisschen bei den Richtigen rumgefragt und man findet einen Käufer, der nicht auf ein paar Beulen schaut, wenn der Preis stimmt.

Nachtrag der Autorin

Ich weiß natürlich, dass die Landeskriminalpolizei ihren Hauptsitz in Rampe bei Schwerin hat. Doch wie heißt es so schön: Aus dramaturgischen Gründen habe ich die Polizeireviere so gebastelt, wie ich sie brauche. Ich hoffe, die Polizei in Meck-Pomm wird mir dies verzeihen.

Außerdem sind Personen und Begebenheiten rein fiktiv. Sollten sich trotzdem Ähnlichkeiten ergeben haben, bitte ich dies zu entschuldigen. Es geschah mit voller Absicht.